JN079249

わたしに会いたい

西加奈子

集英社

目次

わたしに会いたい

わたしに会いたい

初めて「わたし」の存在を認識したのは、5歳の時だ。

わたしは、いとこの基（モト）の家に遊びに行っていた。モトはわたしより4つ上で、くるくるの天然パーマが可愛（かわい）らしい、痩せた男の子だった。

四人姉妹だったわたしと違って、一人っ子のモトの部屋にはたくさんのおもちゃがあって、それ以上にたくさんの本があった。まだ字もろくに読めなかったわたしにとって、文字ばかりの本を読むモトは憧れの存在だった。妖怪を教えてくれたのも（一番好きだった妖怪は豆腐小僧で、一番怖かったのは垢嘗（あかなめ）だ）、ことわざを教えてくれたのも（例えば「馬の耳に念仏」というワクワクする言葉は、「言っても無駄である」なんていうつまらない意味だった）、赤ん坊はお腹（なか）を割って出てくるのではなく、母親の股から出てくることを教えてくれたのも（具体的な「穴」のことはまだ分からなかった、当時は女の人は母親になるとトランスフォームして股がパカッと開くと思っていた。そこから赤ん坊が「発射」されるのだと）モトだった。

わたし以外の三人のお姉ちゃんはみんなパパが違うのに（わたしのパパも違う。そしてそれぞれのパパは大体みんなが歩き出す頃に去った）、みんな揃って体が大きかった。13歳と10歳と8歳、一番下のわたしだけ体が小さかった。とても小さかった。わたしは未唯（ミィ）という名前で、お姉ちゃんたちの名前はそれぞれ莉里（リリ）、美玲（ミレイ）、心愛（ココア）だ。お姉ちゃんたちはよくわたしのことを「ミィミィ泣く子」とからかった。お姉ちゃんたちの前で泣いたことなんてなかったのに（それどころか、わたしよりもお姉ちゃんたちの方がよく泣いた）。お姉ちゃんたちはとにかく、誰かをからかいたかったのだ。

お姉ちゃんたちはだから、モトのこともよくからかった。線が細くて可憐だったから「女みたい」だと言う。確かにモトは女の子っぽいところがあったけれど、だから何？　って感じだ。もしそれがおかしいのなら、ものすごく男の子っぽいお姉ちゃんたちもおかしいということになる（リリもミレイもココアも、鼻の下に黒々としたヒゲが生えていた）。そのことをモトに言うと、

「ミィの言うことは正しいかもしれないけど、それをお姉ちゃんたちに言ってはダメだよ。」

そう言われた。

「正しさって、時々人をものすごく傷つけることがあるんだ。」

モトの目は少し緑がかっていて、すごく綺麗だった。

とにかく、わたしとモトはいつも一緒なのだった。家も近かったし、幼稚園にも近所にも友達がいなかったから、わたしは毎日のようにモトの家に遊びに行った。

モトの家には、インターフォンを鳴らさずに入った。モトのママ、つまりわたしの叔母さんに、合鍵を使って勝手に入ることを許されていたから（合鍵はポストの中に無造作に入っていた。「盗られるもんなんて何もないんだからさ」）。叔母さんは夜働いていて、昼間はずっと寝ていた。おとなしくしている限り、台所で牛乳を飲んでも、ベランダでシャボン玉をしても怒られなかった。

モトがいないとき、わたしはモトの部屋に入り、本棚にある本をパラパラとめくったり、絨毯を撫でたりしながら、彼の帰りを待った。絨毯は世界地図の柄で、国ごとに色が分けられていた（そのおかげで、わたしはある国の話をするとき、自然と色が浮かぶようになった。アメリカは青、中国は黄色、ロシアはグレー、そんな風に）。モトはマジックで国の名前を書き足していて、もちろん世界中の国を諳んじていた。わたしもいつしか覚えてしまった。カラフルな世界地図と、モトの丸まった可愛らしい字は、毎日見ていてもなぜか飽きなかった。わたしは世界を撫でながらモトを待った。そして玄関が開く音がしたら（叔母さんを起こさないように、モトは「ただいま」と言わなかった）、わたしはまるでその家の住人のようにモトを出迎えるのだった。

　ある日、わたしは幼稚園を休んだ。

　わたしの歩き方がおかしい、と先生に言われたから、ママと一緒に病院に行ったのだ。

　わたしはそこで色々体を見られた。そして、わたしの骨が変形していること、歩き方は生涯直らないこと、を告げられた。ついでに骨の成長が途中で止まるから、体も大きくならないという。

　帰り道、ママは何も話さなかった。本当に何も話さなかった。わたしはその間ずっと手を動かしていた。モトの部屋の絨毯を撫でたかったのだ。でももちろんそこに絨毯はなかったから、わたしは頭の中で色んな国を思い浮かべた。オレンジ色のフランス、柘榴(ざくろ)色のコンゴ、サフラン色のベトナム。

　家に着いても、ママは話さなかった。鍵を開けるのに手間取って、大量の汗をかいた。いつもはそんなことないのに、鍵の挿し方を間違え、鍵の回し方を間違え、ドアノブの扱い方を間違えた。何度か挑戦した後、ママはやっと口を開いた。

「なんで。」

　語尾の上がる「なんで?」じゃない。とても静かで（本当に小さな声だった）平坦(へいたん)な「なんで。」だ。そして、玄関の前でしばらく立っていた。

「ママ?」

わたしがそう呼んでも、手を引っ張っても、ママは動かなかった。まるで、見知らぬ家にやってきた人みたいに見えた。黒ずんだ鍵が鍵穴にぶら下がっていた。

お姉ちゃんたちはわたしのことをこれから先一生「友達なんて出来ない」(リリ)し、「彼氏も出来ない」(ミレイ)し、「子供を産むことだって出来ない」(ココア)と言った。ママはお姉ちゃんたちのことをものすごく怒ったけれど、わたしはお姉ちゃんたちが言ったことより、ママの「なんで。」のことを、そしてぶら下がった鍵のことを考えていた。

わたしはもちろん、モトの家に行った。

モトの部屋で、絨毯に触ることが出来て、わたしはやっと安心した。はずだった。世界を撫でながら、わたしはずっと「なんで。」と呟(つぶや)いていた。ママのそれとは違ったし、誰に言っているか分からなかったけれど、でもやめられなかった。

「なんで。」

玄関が開く音がした。わたしはすぐに立ち上がった。モトが帰ってきたのだ。

部屋を出る前に、モトの声が聞こえた。「あれ? どうしたの?」そう言っている。モトのママは出勤前に人と会うと言って出かけていたから(わたしを一人家に置いて。そんなこともよくあった)、家にいるのはわたしだけのはずだった。

「来なよ。」

モトがわたし以外にそんな風に言う相手に心当たりはなかった。彼にも友達が全然いなかったし、わたしのお姉ちゃんたちには敬語を使っていた（ココアに至ってはモトよりも年下なのに、だ）。不思議に思って玄関に向かうと、モトが玄関の扉を半分開けたまま、外に顔を突き出していた。

「モト。」

モトは、ビクッと体を震わせた。こちらを振り返ったモトに、

「誰を待ってるの？」

そう聞くと、モトの緑がかった目が、みるみる大きくなった。

「うわああああああ！」

モトが大声を出すのと同時に、扉がバタンと閉まった（叔母さんがいなくて良かったと、心から思った。眠っているところを起こされた叔母さんは、炎を見たサイのように猛り狂うのだ）。

「どうしたの？」

「え？　え？　ミィ？」

モトは、まるでわたしに１００年ぶりに会ったような言い方をした。

「そうだよ、ミィだよ、ハロー。どうしたの？」

わたしはそう言って、手をひらひらと振ってみた。

「え？　え？　あれ？　え？　ずっとそこにいた？」

「ううん、モトの部屋にいたよ。でも、モトの声が聞こえたから。誰に話しかけてたの？」

「ミィだよ！」

「え？」

「そこにミィがいたんだ！」

そう言ってモトは玄関の扉を開けた。その先には、ジャーン、わたしが……もちろんいなかった。ただ、鼠色の廊下が続いているだけだった。

「どこにいたって？」

「そこ、そこの角にいたんだ、今！」

モトが指差した先には、階段に続く曲がり角があった。それだけだった。

「わたしが？」

「そうだよ。こっちを見てるから、なんで来ないんだろうと思って。」

「わたしずっと部屋にいたよ。」

「そんな……。」

訳が分からなかった。

でも、モトはもちろんそれを知っていた。それは、「ドッペルゲンガー」というのだった。ドッペルゲンガーはもう一人の自分で、同時に異なる場所に現れる。でも、自分のドッペルゲンガーに会うと、その人は死んでしまうのだそうだ。

「ミィ、会わなくて良かったよ！」

モトは珍しく興奮していた。

モト曰く、わたしのドッペルゲンガーはわたしと同じ服を着て（当時わたしが大好きだった苔色のオーバーオール）、わたしと同じように歯に舌をくっつけて吸っていたという（わたしの歯は小さくガタガタで、たくさん隙間が空いていた）。体が透けていたりもしなかったし、足もちゃんとあった。

「まるっきりミィだったよ！」

それが、わたしが「わたし」を意識した最初の瞬間だった。

わたしは毎日、「わたし」について考えた。

一番不思議だったのは、どうして急に「わたし」がわたしのそばに現れたのかだ。面と向かって聞いてみたかったけれど、会うと死んでしまうのだから厄介だった。

モトも、「わたし」の気配に注意して暮らすようになった。実際それから何度もモトは「わたし」に会った。どうしてわたしではなく「わたし」なのか分かるのかというと、「わたし」が口をきかないからだそうだ（それはドッペルゲンガーの特徴らしい）。そして「わたし」に会う前後に、必ずわたしに会うのだという。

「今そこにいたよ！」

モトにそう言われてから急いで向かっても、もう「わたし」には会えなかった。せめて走ることが出来たら、そう思ったけれど、わたしが走れないのだから、「わたし」も走れないはずなのだった。じゃあ、「わたし」はどうやってこんなに速く移動しているのだろう？

色々聞いてみたかった。でも「わたし」から見たわたしはどんな風だろう？「わたし」は、どうしてもわたしの前に姿を現さなかった。

「会ったらダメだよ、ミィ、死んじゃうよ。」

モトはそう言ったけれど、わたしは正直、死ぬのなんて怖くなかった。

以前モトに聞いた「死」は、「生まれる前に戻るんじゃないかな」とのことだった。何も覚えていない、何も知らない状態に戻ることだって。でもわたしは、生まれる前のことを覚えている、はっきりと。

ピンクっぽいふわふわしたものにくるまれて、あまずっぱくて粘ついた水をごくごく飲んで、時々花の茎のような長い紐（ひも）で遊んで、わたしは「生まれる前」をとても楽しんでいた。

外の音は聞こえなかった。胎児は外の音を聞いている、とよく言われるけれど、わたしが聞いていたのは、水が勢いよく流れるような湿った音と、新しい雪を踏むような乾いた音だけだ。どちらもキリキリした角のない、丸くカーブした音だった。もしまた、あの場所に戻れるなら最高だ。走っている友達を見学していなくていいし、お姉ちゃんたちにからかわれることもないし、ママの静かで平坦な「なんで。」が耳を占拠することもない。

わたしは積極的に「わたし」を探し始めた。でも、「わたし」はモトの前にしか現れなかった。モトはわたしの気持ちを分かってくれて、「わたし」とわたしを会わせることに同意してくれたけれど、その機会はなかなか訪れなかった。

わたしは同じ大きさで年を取り、モトは翌年から学校に行かなくなって、やがて部屋から出ない青年になった。

わたしの人生は概(おおむ)ね、お姉ちゃんたちが予想した通りに進んだ。「友達なんて出来なかった」し、「彼氏も出来なかった」し、「子供を産むことだって出来なかった」。三人とも、それらを総合してわたしの人生を「何一つ楽しみのない」人生だと断言していたけれど、それだけは間違っていた。

確かにわたしは、人生の大半を楽しんでいるとは言い難かった。席替えでわたしの隣になった男の子が「オエーッ」と吐く真似（まね）をしたり、ラブレターに書かれていた場所に行くと、たくさんの人に笑いながら写真を撮られたり、駅のホームを歩いていたら「邪魔だよチビ」と舌打ちされたり、生きてゆくことはなかなか困難だった。でもわたしは、その中でも自分の楽しみを見つけていた。

それは、「わたし」の気配を感じることだ。

部屋にこもりきりになったモトは、もう「わたし」に会うことは出来なかった。あらゆる場所に現れる「わたし」が、どうしてモトの部屋に入ろうとしないのか分からなかったけれど、実際モトの部屋には、わたしたち以外の人間を拒む空気があった（叔母さんだって入ることが出来ないのだ、「わたし」も遠慮しているのに違いない）。

あんなに痩せっぽちだったモトは驚くほど太り、つやつや光っていた肌には大きなニキビがいくつも出来ていた。でも、わたしにとってモトはモトだった。あらゆる知識を身につけた（部屋にずっといるからなおさら）、動く（ほとんど動かないけれど）百科事典だった。

モトの絨毯の世界地図は、この数年で大きく書き換えられていた。マジックと手垢で黒く汚れた絨毯は、一度も干されることも掃除機をかけられることもなかった。少しでも触れるともうもうと埃（ほこり）が舞い上がったけれど、わたしもモトも平気だった。

わたしの体以外、あらゆるものが変化していた。でも、その間も、「わたし」は現れることをやめたわけではなかった。それどころかとうとう、わたしの周りに現れるようになったのだ。

最初に「それ」が分かったのは、11歳のときだ。

わたしは歯医者で治療中だった。わたしの小さな歯は永久歯に生え替わることはなかった。繊細で弱く、定期的に治療に行かないといけなかった。しかも、麻酔を受けつけない体質だから、注射が出来ない。歯を削られるその時間は控えめに言って地獄だった。あまりの痛みに気が遠くなったそのとき、受付の方から「まだ治療中ですよ！」、と声が聞こえた。そのときわたしはピンときたのだ。

「わたし」が来てくれた！

その感覚のことを説明するのは難しい。

痛くて痛くて、「鼻からゆっくり息をして」と言われても鼻の穴が小さいから息も出来なくて苦しくて、もうダメギブアップ、の瞬間、わたしの体をあるものが包んだ。この、「あるもの」の説明が特に難しいのだ。

一番近いのは安心感だと思う。でも、それだけではない。泣きたくなるような気持ち、懐かしさ、勇ましさ、ワクワクするような気持ち、ちょっぴりの切なさ、おしっこを我慢しているときのような気持ち、清々(すがすが)しさ、だれかの日記をこっそり読んでいるときのような……、ああ、もう、とにかくありとあらゆる感情がごちゃごちゃになったものがわたしを柔らかく包んで、あの音が聞こえた。湿った音、乾いた音、わたしがママのお腹の中にいた時に聞こえていた、あの音が。そしてわたしは、はっきり思ったのだ。

「わたし」が来てくれた！

わたしは先生の手を止めて、治療台から降りた。

「まだ治療中ですよ！」

さっき聞いたのと全く同じ言葉を先生が言った。でも、わたしはまっすぐ受付に向かった。受付の人はデンタルエプロンをつけたままのわたしの姿を見て「ひっ」と声を出した。

「今、あなたが出て行って……。」

やっぱり。

「わたし」が来てくれたのだ。ここに。

歯医者の入り口はピタリと閉じられていたけれど、「わたし」がいた気配は濃厚に残っていた。わたしには分かった。ものすごく分かった。

「どんな格好をしていましたか？」

歯が削られた状態で話すのは難しかった。でもわたしは、「わたし」がどんな状態だったか聞きたかった。

「今のあなたと全く同じ格好です。そのエプロンもつけて……。」

わたしは「わたし」が、バットマンやスーパーマンのようにピンクのエプロンを翻して去ってゆくところを想像した。それはとても清潔で、頼もしい姿だった。

「あ、あの、治療を……。」

ただならぬ気配を感じたのだろう。追いかけて来た先生はおどおどしていた。なんていうか、わたしのことを「畏怖している」（もちろんモトに教わった言葉だ）、といった感じだ。そんな風に人に見られたのは、生まれて初めてのことだった。

わたしは胸を張った。そして言った。

「いいでしょう、治療を続けてください。」


それからも、「わたし」はあらゆる場面でわたしのそばに現れた。

中学一年生の冬、同級生四人に襟を摑まれながらトイレに連れこまれたとき（見張り役をしていた同級生が「逃げんじゃねぇよ！」と怒鳴った。そしてその後トイレに入ってきて、わたしの目をしっかり見てから、見事に気を失った）。

高校二年生の文化祭、コントで猿をやらされることになったわたしが、練習のために教室でペイントを顔に施されているとき（「わたし」は廊下に現れ「これは流石(さすが)

にダメじゃないか?」と先生に言われていた。つまり「わたし」もペイントを施されていたのだ)。

投票所にも現れたし、病院にも、スターバックスにも、漫画喫茶にも、「わたし」は現れた。そしてそのたびわたしは、「わたし」から形容しようのない、でも絶対的に大きな勇気をもらって、堂々と振る舞うことができた。

麻酔なしで歯を削られても目を閉じなかったし(先生はわたしの目力に励まされ、かつてない素晴らしい仕事をした)、トイレで頭から水をかけられたけど、その後気絶した同級生にも冷静に水をかけたし(同級生は一度目を覚まし、そしてまた気絶した)、コントをやったときも、全力で猿を演じることが出来た(あまりの出来に皆笑うのではなく、感動していた。実際泣いている子もいた)。

「わたし」はわたしのヒーローだった。

会えないヒーローだった。

いや、ヒーローは大抵会えないものだ。だから「わたし」は、とても真っ当なヒーローなのだった(そう、まさにスーパーマンやバットマンと同じく)。

「わたし」の気配を感じるたび、わたしはモトにそれがどんな感じだったか、その時わたしがどんな風に思ったのかを報告した。モトはわたしの話を全てメモして、それをデータ化していった。モトはいっぱしのドッペルゲンガー博士だった（ドッペルゲンガーはドイツ語だ。彼はドイツ語の本も読み漁り、ドッペルゲンガーのことについて調べ上げていた）。

最初は「わたし」が現れた場所、そして時間について調べていたようだった。でも、それらに法則性がないと知ると、今度はわたしの気持ちやわたしの状況について仔細に質問し、メモを取るようになった。

モトはすぐには結論を出さなかった。しつこさは彼が持っている美徳の一つだ。心から納得できるデータがないと、決して軽はずみなことは言わない（死についての憶測を言ったのは、モトがうんと小さな頃だし）。

結果、モトは20年分のデータを総合することになった。そして、「わたし」はわたしの「死にたい」という願望がある一定のレベルを超えると現れるのではないか、という仮説を立てた。

「やはりドッペルゲンガーに会うと死ぬというのは本当なのかもしれない。」

モトはそう言って頬をまさぐった。ニキビを潰すのは考えているときのモトの癖だ。

「だからミィが死にたいと強く願うとき、もう一人のミィは死を手渡す存在としてやってくるのかもしれない。」

「死を手渡す？」

モトは時々こんな風に詩的な表現を使った。ついていけないことが多かったけれど、わたしはもちろんモトが好きだった。

「じゃあ、どうして会えないの？　近くまで来ているのに？」

「……そうだな、これはあくまで無責任な仮説にすぎないから許してほしいのだけど、ミィの死にたいと願う気持ちが本当の死に正式な招待状を送るほどの力を持っていないということなのじゃないかな。」

「どういう意味？」

「つまり、ミィが本気で死にたいと思っていないということだよ。」

「うーん。」

実際わたしは「死にたい」と具体的に思ったことはなかった。辛（つら）い、苦しい、消えたい、何より「生まれる前に戻りたい」、そう思ったことはあったけれど、「死にたい」と思ったことはなかった。そのことをモトに告げると、モトは静かに瞬（まばた）きをした。

「もし、ミィにとっての辛い、苦しい、消えたい、がイコール『死にたい』だとしても、」

「うん。」

「もう一人のミィの気配を感じると、ミィはたちまち勇気のようなものに包まれて、死にたいという感情からは程遠い場所へワープしてしまうだろう？」

「ワープとかなんとかはよく分からないけど、でも、勇気のようなものに包まれるのはそうなんだ。勇気って言葉じゃ説明できないんだけど。」

モトはわたしが以前伝えたあらゆるものがごちゃごちゃになったあの気持ちすべてのメモを見せてくれた。
・泣きたくなるような気持ち
・懐かしさ
・勇ましさ
・ワクワクするような気持ち
・ちょっぴりの切なさ
・おしっこを我慢しているときのような気持ち
・清々しさ
・だれかの日記をこっそり読んでいるときのような気持ち
モトの字は相変わらず丸まっていて、とても可愛かった。わたしはメモを手でぐるぐるなぞった。

「これぜーんぶ合わせて、なんかもう、なんでもこいって感じ。」

「ふむ。」

モトはニキビを潰しながら、メモに「なんでもこいって感じ」と書き足した。そして、死、勇気、とつぶやいた。モトの瞳は緑が濃くなって、深い沼みたいになった。モトの瞳がそんな風になったら、こちら側に戻ってくるのに時間がかかる。だから、ある時から、わたしは絵を描いて待つことにしていた。もちろん「わたし」の絵だ。

ピンクのエプロンをまとった「わたし」、制服を着崩さずに着ている「わたし」、完璧に野生の猿を再現する「わたし」、投票用紙を手にする「わたし」、抜けた歯を川に投げている「わたし」、樹齢約200年の木に抱きついている「わたし」、病院でレントゲンを撮っている「わたし」、ママの背中を見つめている「わたし」、爪を切っている「わたし」。

見る人が見れば、ただの自画像かもしれない。でもそれはわたしにとってヒーローの「わたし」であって、決してわたしではなかった。つまり自画像ではなかった。その証拠に、わたしは鏡を見て絵を描いたりしなかった。いつも濃厚に感じる「わたし」の気配を、そのまま絵にした。

気配のはずなのにそれは驚くほど正確で、明確だった（そう、まるで鏡を見て描いた自画像のように）。あるいは誰だって自分のヒーローを描くとこうなるのかもしれない。心の中にいるヒーローは、いつだって正確で明確なのだ。そしてヒーローは力強く微笑んでいる。言葉に出さずとも、こう言っている。

「君のそばにいるよ。」

絵は一日1枚と決めていた。その絵を、モトはもちろんすべて取っておいてくれた。

「素晴らしいよミィ。この絵はミィがいる世界そのものだし、同時にミィがいない世界の輪郭でもあるんだ。」

やっぱり何を言っているのか分からなかったけれど、嬉しかった。モトは褒めるのも上手なのだ。

今日は、絨毯を撫でている「わたし」を描いた。「絨毯を撫でている『わたし』」は、もう20枚目だ。

絨毯は、「古びている」という形容が追いつかないほどボロボロだった。世界地図はすっかり元の形を失っていた。国境は曖昧になり、色はくすみ、あとに残っているのは、ただぼんやりとした塊だった。でもモトは絶対にそれを手放そうとしなかったし、わたしもそれには強く賛成だった。

絨毯の部分を描いていると、

「ドッペルゲンガーというのは、死をもたらす存在ではないのかもしれない。」

モトが戻ってきた。また、新しいニキビを潰してしまったのだろう。頬に血が滲(にじ)んでいる。

「どういう意味？」

「死の気配を持っていることは間違いない。ドッペルゲンガーを見たら死んでしまうのだから。でも、ドッペルゲンガーはその人の命を奪うための使者ではなく、その人からむしろ死を遠ざけるための使者なのかもしれない。本当はね。」

「難しいよ、モト。」

「死というのは、それ自体が死なのではなく、死を想起させる何かなのではないかな。死であると同時に死への警告なんだ。」

「難しいったら。」

「人が死にたいと願うとき、死は近づいてくるけれど、むしろ遠ざけるために近づいてくるんだよ。死を強く意識させ、そして気配だけを残して去ってゆく。その人を生かすために。その人が何より生きるために。」

わたしは理解することを諦めて、窓の外を見た。そこから、ジャーン、「わたし」が覗(のぞ)いていて……、というようなことはもちろんなかった。ちぎれた葉っぱが、汚れた窓に張りついているだけだった。モトがわたしの絵を見ている。

「絨毯を撫でるミィ、だね。」

「そう。わたしこの絨毯好き。」

「僕も好きだよ。」

モトの頬の血は、すぐに乾いた。

「ちゃんとボロボロだよね。」


それからのわたしたちの活躍は、おそらくあなたの知る通りだ。

数年かけてモトが書いた本、『生きるための死』はベストセラーになり、ドッペルゲンガーの新しい概念を、そして死の新しい解釈を世に問うた。それは英語に（もちろんドイツ語にも）翻訳され、世界的にもベストセラーになった。

モトはあらゆる国で講演会をした（そう、彼は部屋を出たのだ）。行く先々にあの絨毯を持って行って、会場に敷いた。そこにあぐらをかいて話すのが、彼のスタイルになった。

一番有名なのはTED Talksでやった講演「あなたの死は今どのあたりに?」だろう（動画再生回数は1000万回を超えている）。そこでモトは、わたしの絵を紹介してくれた（彼はわたしのことを「僕のいとこであり、最愛の友人であり、そして偉大なアーティスト」だと言った）。

わたしは、会場でモトを見ていた。とても嬉しかった。とても幸せだった。そしてもちろん、とても誇らしかった。その時からわたしは、モトのいとことして、最愛の友人として、そして偉大なアーティストとして生きることを誓った。絵をたくさん、たくさん描いた。その絵が、世界中で評価されるようになった。

わたしは世界中を旅した。

わたしの絵は「フリーダ・カーロへの力強く幸福なアンサー」と言われ（正直何を言われているのか分からなかったけれど、褒められているのは分かった）、行く先々で歓迎された。

わたしは英語とスペイン語とドイツ語とチベット語をマスターした。冗談も言えるようになって、「エレンの部屋」にも「オプラ・ウィンフリー・ショー」にも出演して、爆笑をかっさらった。

オプラに「会いたい人はいる？」と聞かれたときにわたしが答えた「わたしは『わたし』に会いたいわ」という言葉はSNSで拡散され、ハッシュタグをつけた「#Imissme」は自殺・いじめ防止運動、さらには自己を愛そうというムーブメントとなって世界中に広まった。

もちろんTED Talksにも出た。会場にはモトと叔母さんと、ママとお姉ちゃんたちが来てくれた。わたしの未来は、お姉ちゃんたちが思っていたそれとは違ったけれど、お姉ちゃんたちはそのことを喜んでくれた。もちろんママも、叔母さんもだ（モトに至っては泣いていた。ううん、みんな泣いていた。会場にいる人みんなだ）。

あなたの予想通り、しばらくわたしは、「わたし」の気配を感じていない。

「わたし」はわたしと同じようにすごく優しいから、忙しいわたしの邪魔をしないようにしてくれているのだろう。でも、「わたし」がわたしのヒーローであることには変わりがない。

今は、無理に会おうとは思わない。いつかわたしたちが会うのは決められたことだからだ。おばあちゃんになったわたしたちは、やっと会えた喜びを噛（か）み締めながら、共に焼かれるのだろう。

あなたの中から

私はここにいる。「あなた」の中にいる。

本当は、ずっといた。「あなた」が生まれる前から、「あなた」の中に、ずっといた。私には、その時代の記憶はない。私はある時、覚醒した。それがどんな理由でなのかは、分からない。科学者たちの間でも、私は、私たちは、長らくの間、謎の存在だったし、これからもきっと、謎の存在であり続けるのだろう。

私は、自分のことを不思議だと思ったことはない。もうすでに存在してしまっている私を、私は疑わない。私は「あなた」の中にいる。「あなた」のことを、「あなた」の中から、ずっと見ている。

「あなた」は、逆子で生まれた。前置胎盤の危険があったので、生まれる1ヶ月前から、「あなた」の母は安静にしていなければならなかった。そのことを、同居していた「あなた」の祖父がなじった。**普通の女ならそんなことにはならなかったのに。**祖母と父は沈黙していた。いつもそうだった。「あなた」の家では、祖父の力が絶対なのだった。誰も祖父より後に起きてはいけなかったし、祖父より先に寝てはいけなかった。「あなた」の母がその戒律を破ったことに、祖父は怒っていた。彼はことあるごとにこう言った。**だから、もっと健康な嫁をもらうべきだと言ったんだ。**

「あなた」の母は、「あなた」を帝王切開で産んだ。「あなた」を見た祖父は、**なんだ、女か。**と言った。「あなた」の家には「跡取り」が必要だった。そして、**跡取りは絶対に男でなければならない**のだった。「あなた」の父はこの家の長男で、国立大学を出て祖父の秘書になった。祖父は区議会議員だった。祖父の父も、その父もそうだった。祖父たちはかつてこの町に橋を作り、学校を作り、街灯を作った。町の人たちは彼らに頭を下げ、彼らにおもねった。彼らはとにかく**家の血**を、それも**男の血を絶やさないように**しなければいけないのだった。「あなた」の母は、「あなた」を胸に抱きながら、祖父に頭を下げた。**次はきっと、男の子を産みます。**

産後の経過が悪く、「あなた」の母は長らく寝たきりだった。祖父は、**出産は病気ではない**と、やはり「あなた」の母をなじった。祖母は大抵、こっそり母の味方をしてくれたが、乳の出が悪いことには愚痴を言った。**本当に体が弱いんだねぇ。**「あなた」の母は誰にも見つからないように、こっそり哺乳瓶に粉ミルクを溶かした。栄養満点の粉ミルクを飲んで育った「あなた」は、みるみる成長し、他の子供たちよりもひと回り大きくなった。
この子は器量が良くないから、良縁は望めないかもしれないね。祖母がそう言ったのは「あなた」が4歳の時で、その時「あなた」の母の腹には、二人目の子供がいた。母はその子をまた帝王切開で産み、「あなた」には弟が出来た。**待望の跡取り**だった。

　家族の視線が弟に注がれている間、「あなた」は様々な冒険をした。行ってはいけないと言われていた裏山に隠れ家を作り、幼稚園の友達と性器を見せ合い、近所のインターフォンを押して逃げた。弟にいたずらをしたときは母と祖母にひどく叱られ、祖父には顔すら見てもらえず、父の姿はほとんど見ることがなかった。それでもその時「あなた」は、何にもとらわれていなかった。望むものに手を伸ばし、それが手に入れられないときは思う存分泣いた。「あなた」は自由で、わがままだった。そして何より、「あなた」の体を所有していた。

　小学校に入ると、祖母からズボンを穿(は)くことを禁じられた。とにかく**女の子らしい格好**をしなければいけなかった。おかっぱだった髪の毛を、腰の位置まで伸ばさせられた。「あなた」の母が、毎日「あなた」の髪をブラシでといてくれるその時間は好きだったが、長い髪は遊ぶのに邪魔だった。いじめっ子から逃げても、容易に髪を掴まれてしまうからだ。

小学校5年生の時、クラスメイトの男子に、初めて**ブス**と言われた。つまりそれは最後ではなかった。「あなた」は心から驚いて、その子をじっと見つめた。この世界に**ブス**と呼ばれる人たちがいることは知っていたが、自分のことを、**ブス**だと思ったことはなかった。でも、**ブス**と言った男子以外のクラスメイトがみんな笑ったので、その日から、それが真実になった。「あなた」の目はどうやら、**可愛い目**とは程遠く、「あなた」の鼻は**愛される鼻**とも程遠く、「あなた」の口は**理想の口**とも程遠いようだった。

「あなた」は、祖母に言われて、歯の矯正をすることになった。ワイヤー矯正は痛くて最悪だった。食べたいものを思う存分食べられなくなって、「あなた」は痩せた。11歳だった。祖父は相変わらず「あなた」を見なかった。彼は、弟ばかり見ていた。それも、**跡取り**としての弟を。

弟は、母に似た。美しい顔をして、体が弱かった。乱暴な遊びを好まず、近所の子供にいじめられて、いつも泣いて帰ってきた。祖父はそんな弟を叱った。**やられたらやり返せ**。**なめられるな**。時にはバットを渡し、やり返してくるまでいつまでも家に入れてやらなかった。弟は玄関の前で、バットを握りしめたまま泣き続けた。母と祖母はそんな弟を不憫(ふびん)に思い、彼にこっそり甘いお菓子をあげたり、彼を赤ん坊のように抱きしめたりした。そしてその視線や体温は、「あなた」には決して与えられなかった。

中学に入ると、「あなた」は再び太った。ワイヤー矯正は続いていたが、その痛みに慣れてしまったのだ。「あなた」は**ブス**ではなく、**最下層のブス**と呼ばれた。

体育の時間が最悪だった。ブルマと呼ばれる下着と同型の布を穿いて、下着がはみ出していないか、常に気にしながら体を動かした。他の女子生徒は、男子生徒に性的な目で見られることに怯えていたが、「あなた」の場合は下着を見せてしまうと、男子生徒が嘔吐の真似をするのだった。

「あなた」が初めて脚の毛をカミソリで剃ったのは、14歳の時だった。ブルマからのぞく脚に毛が渦巻いていると、やはりクラスの男子に笑われたからだ。その頃には、太い脇毛も、口の周りをうっすら覆う髭も生えていた。「あなた」は生理になった時と同様、そのことを忌むべきことのように思った。だから、その処理の方法を長らく、母にも祖母にも聞くことが出来なかった。結局祖母に見咎められ、剃刀を渡された。剃毛はうまくいかず、何度か皮膚を傷つけた。

せめて綺麗にしてないと、有望な男の人に選んでもらえないよ。祖母の言葉は半分正しく、半分正しくなかった。脚に毛が渦巻いている女子生徒は、嘲笑の対象だった。でも、「あなた」がいくら身なりを綺麗にしても、男子生徒は誰も「あなた」に残酷な興味以外は持たなかった。つまり、「あなた」のことを**選んでくれる**人はいなかった。

「あなた」は毎晩祈った。身体中の毛をなくしてください。この大きすぎる歯を、ガチャガチャした歯を綺麗に直してください。この細い目をくっきりとした二重にしてください。このデコボコした鼻筋をまっすぐに通してください。太くてうねる黒いこの髪を、色素の薄い、柔らかな髪にしてください。どうか、私の姿を変えてください。

ひとつひとつ祈っていると、いつもとても、時間がかかった。この時間、**クラスで一番可愛い**小杉さんは、ただ安らかに眠っているのだ。そう思うと、自分が途方もない不平等の結果として存在していることに涙が出た。小杉さんは、「あなた」が**最下層のブス**と罵られると、いつも困ったような顔をした。「あなた」は小杉さんの顔をひっぱたいてやりたかった。そして同時に、その顔をどうしても自分のものにしたいのだった。

「あなた」は女子校に進学した。男子生徒の視線から逃れるためだった。**最下層のブス**から逃れることは出来たが、自身の容姿からは逃れられなかった。「あなた」の周りにはやはり小杉さんのような子たちがいて、「あなた」と彼女たちの世界はどうしようもなく隔てられていた。

「あなた」は化粧をすることを覚えた。テープで瞼を二重に出来るようになり、鼻筋にシャドウを入れた。縮毛矯正で髪の毛をまっすぐにして、教師に分からないくらいに髪を染めた。そして、度々過酷なダイエットに挑んだ。1ヶ月ほとんどキャベツしか食べなかった時は生理が止まり、いつからか浣腸（かんちょう）なしでは排便出来なくなった。

初めて街で異性に声をかけられたとき、「あなた」はとうとう欲しいものを手に入れたと思った。彼の望むことはなんだってした。あっさりと体を開き、痛みに耐え、避妊をしないセックスに応じた。彼は四つ年上だった。大学生だったが通学せず、ふらふらとアルバイトをして過ごしていた。タバコ臭く、ニキビ面で、気取った男だったが、「あなた」には誰よりもセクシーに見えた。金がなくなった彼が「あなた」に**下着を売れ**と言った時ですら、「あなた」の彼への愛情は目減りしなかった。

彼は生まれて初めて「あなた」を**選んでくれた**異性なのだった。そんな人に金を差し出すことなど、わけもなかった。体を売るわけではなく、「あなた」自身は傷つかない。何より彼は「あなた」のことを、もっと**可愛がってくれる**のだ。

女子高生の下着は、特に使用済みの下着は、金になった。自分の汚れがついたそれを望む異性がいるのだから、自分は供給するまでだ。違反行為なんてことはどうでも良かった。「あなた」はいそいそと下着を売り、時には自分の写真をつけたペットボトルの尿を売った。やがて彼からの連絡が途絶えると、「あなた」は数キロ体重を増やし、それからまた急激に減らして、別の異性を見つけた。「あなた」を**選んでくれる**異性は、簡単に見つかるようになっていた。スカートを短くし、セーラー服に包まれた体が紛れもなく10代のものであること、そしてそれをいつでも差し出す用意があることを示せば、異性はいとも簡単に、「あなた」に目を留めるのだった。

「あなた」は聡明だった。学校では、いつも順当な成績を収めていた。ある程度勉強をすれば、テストで良い点を取ることが出来た。教師は「あなた」に国立大に行くことを勧め、でも「あなた」は、私立の大学を目指した。実家には潤沢に金があった。「あなた」の実家は都内にあったが、「あなた」は家を出たかった。**女は短大でいい**、そう言っていた祖父も、弟がいよいよ登校しなくなると、「あなた」の進学と一人暮らしを許した。

「あなた」は女子大生になった。**女子高生ブランド**を手放し、あなたの価値は少しだけ目減りした。でも、**一人暮らしをする女子大生**には、新たな価値が付与された。その証拠に、都内で一人暮らしをするあらゆる「女子大生」が、何者かに押し入られ、レイプされ、殺されていた。それは彼らの欲望の表れだった。大学構内で女子大生を輪姦した男子学生のことを、ある政治家が「元気があってよろしい」と言う、そんな世界に、「あなた」は生きていた。欲情されない女になることは、実質的な死よりも「あなた」を怯えさせた。だから「あなた」は、白昼のキャットコールを笑ってかわし、深夜に起こるあらゆる恐怖——露出狂やつきまとい——を、自分のせいだと思わなければいけなかった。

「あなた」の大学は、Aランクと呼ばれる類の大学だった。大学駅伝でいつも上位の成績を収め、**ミスコンテスト**で優勝した女子学生は必ず**女子アナ**になった。「あなた」の容姿は、「あなた」の理想に近づいてはいたが、「あなた」は**ミスコンテストに入賞するタイプ**ではなかった。上下に200本のつけまつ毛をつけ、髪の毛をコテで巻き、人前で絶対に化粧を取らない「あなた」は、その範囲外だった。つまり「あなた」は、**好感度の高い、ナチュラルな美人**ではなかった。

陰で**ヤリマン**と言われていることを、「あなた」は知っていた。「あなた」はむしろ、それを勲章のように誇った。**ヤリマン**であるということはもちろん、性的な欲望の対象であるということだ。誰にも抱かれたことのない同級生のことを、「あなた」は気の毒に思ったし、**ナチュラルな美人**の恋人である男が、結果自分と体だけの関係を続けていることには、言いようのない優越感を覚えた。

「あなた」は大学に行きながら、キャバクラでアルバイトを始めた。高学歴でありながら、そしてなおかつ、実家に潤沢に金がありながら、キャバクラで**女を売る**ことは、「あなた」をゾクゾクさせた。時にはそれを、売り込みに使った。大学の名前を告げ、祖父と父がやっていることを伝えると、男たちは皆驚くのだった。**じゃあ、どうしてこんなところで働いているの？** 彼らはいつも「あなた」にそう聞いて来たが、彼らに、じゃあ、「あなた」はどうしてこんなところに来ているの？そう聞いてはいけなかった。

「あなた」は儲けた金を、全て自分の容姿を変えることに使った。最初に着手したのは目だった。目頭を切開し、幅の広い二重に変えた。次に、脇と脚のレーザー脱毛をした。毛根を燃やされ、痛みで気が遠くなったが、耐えた。最後に豊胸をした。大学はしばらく休まなければいけなかったが、「あなた」は盛り上がったお椀型（わんがた）の胸を手に入れた。

祖母も母も、帰るたびに容姿が変わる「あなた」に、何も言わなかった。「あなた」が順調に進級しているのは分かっていたし、「あなた」の容姿改造の金は、全て「あなた」が賄っていたからだ。「あなた」はいつの間にか、キャバクラで№2の地位にまで上り詰めていた。

売女（ばいた）みたいな格好をして。いつかそう言った祖父を、「あなた」は鼻で笑った。祖父が心血を注いだ長男は政治活動に堪えかねて鬱になり、血を受け継ぐはずの孫息子は、部屋から出てこなくなった。その間「あなた」は、Aランクの大学で効率よくいい成績を収め、同時に、扇情的な服を着て、夜毎男に体を求められているのだった。「あなた」は祖父のことを、哀れに思った。私はあんたよりもよほど、自分の人生をコントロール出来ている。祖父に認知症の症状が現れ始めたのは、「あなた」が二度目の中絶手術をしたときだった。

「あなた」は就職活動の時だけ、**好感度の高い**、**ナチュラルなメイク**に変えた。考えられないほどダサいリクルートスーツを着て、8センチのヒールを4センチにした。面接では、丁寧な言葉遣いに努め、笑顔を忘れず、やってもいないボランティアの過去をでっち上げた。そして、**仕事に関してやる気はあるが、高望みはしない**という態度を貫いた。「あなた」は**野心のある面倒臭い女**になってはいけなかった。

結果、「あなた」は、外資系の証券会社の仕事を手に入れた。就職氷河期と言われる中、その会社の名前を口にすると、誰もがハッと息をのんだ。

仕事は過酷だった。同期が鬱になって辞め、浮腫んだ顔の上司が目の前で倒れた。そんな中で、「あなた」は日々を上手にやり遂げていた。「あなた」には体力があり、**役に立つ可愛がり甲斐のある女**を徹底することも出来た。皆にお茶を淹れて回り、言われた仕事は笑顔で受ける。仕事が終わってから酒を飲みに行くことを欠かさず、上司のセクハラも笑っていなすのだ。

「あなた」は、広いマンションに引っ越した。美しい洗面所に高額なスキンケア製品を並べ、大きなクローゼットにブランドもののバッグや靴を並べた。「あなた」はその景色に、心から満足した。それは紛れもなく「あなた」が、自分の力で獲得したものだった。「あなた」は人工の胸に高級なクリームを塗り、体を締め付ける、だが美しい下着と高級なストッキングを身につけ、足首を痛めつけるヒールの靴で通勤した。働きすぎて膀胱炎になった時も、腎盂炎で入院した時も、「あなた」は絶対に女であることを手放さなかった。

　祖父が死んだ時、「あなた」は数年ぶりに実家に帰った。棺に入った祖父は、半分ほどに縮んでいた。笑ってしまうほど惨めで、実際、笑いをこらえるのが大変だった。泣いているのは祖母だけで、それもどこか、おざなりな泣き方だった。

　通夜の後、ずっと部屋から出て来なかった弟が現れた。数年ぶりに会った弟は、髪も髭も伸び、嫌な臭いがしたが、「あなた」が驚いたのは、弟がバットを握っていたことだった。皆、とっさに身構えたが、彼はそのバットを、祖父の棺に放りこんだだけだった。弱虫、そう、「あなた」は思った。こうやって小さくなって死ぬ前に、生きている間に、このバットで思い切り殴ってやれば良かったのに。祖母は初めて本格的に泣き、母は弟の後をオロオロとついて回った。父はずっと、自分の指先を見ていた。葬式にはたくさんの人と、新聞社の人間が来た。男ばかりだった。「あなた」は**欲情される女**であり続けた。でも、その奔放な生活をずっと続けるつもりはなかった。「あなた」は密かに男性社員を見定めていた。**30歳までに結婚しないと、女としての賞味期限が切れる**と、「あなた」は考えていた。25歳を過ぎたアイドルが自分のことを**おばさん**と自虐し、30歳を過ぎた女優が**劣化した**と揶揄されることを、「あなた」は知っていた。

29歳になった「あなた」が結婚したのは、他部署の10歳上の異性だった。彼は優秀で、静かで、堅実だった。「あなた」が体を開いた男たちとは、まるっきり違っていた。会社の同僚たちは、うまくやったよね、そう陰口を叩いた。「あなた」はそれを知りながら、**20代、滑り込みセーフです**。笑顔で報告して回った。結婚式には100人を超える人が来た。ヴァージンロードを歩く時、「あなた」の父がひどく震えていることに、「あなた」は気がついた。何か言った方がいいのだろうと思ったが、何も言葉が出て来なかった。

「あなた」は仕事を辞めた。専業主婦になるのが夢だったと、Facebookに投稿した。「あなた」の投稿にはいつも相当数の**いいね**がついたが、その大半の人を、「あなた」は覚えていなかった。

「あなた」と夫は、長期の休みごとに海外旅行に行った。それも全て、「あなた」の手によってFacebookに投稿された。いつしかそれはTwitterに、そしてInstagramに取って代わられた。「あなた」は**羨ましがられる妻**にならなければならなかった。素晴らしいインテリアをアップし、手のこんだ料理をアップし、センスよく飾られた花をアップした。そしてその合間に、肌に磨きをかけ、ダイエットに励み、美しいシルクの下着を身につけた。**欲情される女**としての価値が目減りしていることに、「あなた」は気づいていたのだった。

「あなた」には、長らく子供が出来なかった。自分はまだ若い、原因があるのは夫だろう、そう思っていた。でも、原因は「あなた」だった。ホルモン剤を飲み、注射を打って、副作用に耐えた。子供が出来ないことも許しがたかったが、タイミング法をスタートしても、いつも疲れたと言って「あなた」を抱こうとしない夫に殺意が芽生えた。体外受精、そして顕微授精に進んだ時、白濁した精液をあっさりカップに満たしてくることにも、言いようのない怒りを覚えた。

夫がアダルトビデオを見ていることは知っていた。アーカイブをこっそり眺めたら、「女子高生」や「ギャル」の文字が目立った。「あなた」は深夜、クローゼットを漁った。高校の制服をとっくの昔に捨てたことを、「あなた」は覚えているはずだった。「あなた」は夫のクレジットカードでブランドの服を買い、スキンケア製品をもう一段階高級なものに変えた。どれだけ自分に投資しても、「あなた」の価値は目減りし続けた。

「あなた」が妊娠したのは、38歳の時だった。高齢出産の部類に入ることは分かっていたし、健診に行くたびに、若い母親が目についた。「あなた」のつわりはひどかった。食べづわりというもので、四六時中何かを口にしていないといられなかった。食べたいものは数秒で変化した。おにぎりが食べたくなってコンビニで購入した次の瞬間には、それを持っているだけで吐きそうになった。引き返して唐揚げを買い、駐車場で貪った。「あなた」の体重は増え続け、運動も出来ず、看護師から肥満妊婦だと注意を受けた。つわりが終わっても食欲は去らず、妊娠後期には高血圧になって入院した。

「あなた」は自然分娩(ぶんべん)にこだわった。**お腹を痛めて産んでこそ、親子の絆(きずな)が芽生える**のだと、聞いていたからだ。結果、体力をつけることが出来ないまま出産に臨み、「あなた」は死ぬ思いをした。子宮口がいつまで経(た)っても開かず、陣痛は人間が耐えられる痛みを超えていた。会陰(えいん)切開をし、鉗子(かんし)で引っ張り出された赤ん坊が女の子だったことを、「あなた」は知らなかった。気絶していたのだった。

「あなた」が娘を産んだ産院は**母乳育児を是**としていて、**粉ミルクを使用することは落第者**とみなされた。「あなた」は看護師に豊胸したことを咎められた。豊胸は授乳には影響はないと、医師には言われていたはずだった。でも、「あなた」は自分を恥じなければならなかった。**子供の命よりも自分の歓(よろこ)びを選ぶ母親**が、世間からどれほど批判されるか、インターネットをいつも見ている「あなた」は知っていた。「あなた」はスイカのように膨れ上がった胸を、半狂乱になって娘の口に入れた。その度に切れた乳首が痛み、子宮はギュウッと締め上げられて、ズタズタに切れた「あなた」の女性器からは、血まみれの澱(おり)がとめどなく流れた。

「あなた」の夫は娘の誕生を喜んだが、育児には参加しなかった。数年前に起こった世界的な不況は夫の仕事に壊滅的な打撃を与え、だが50歳を目前に控えた彼に、転職の道はなかった。「あなた」の夫は死にそうな顔で出社し、深夜に、もう死んだ人の顔になって戻って来た。どれだけ働いても給料は下がり、彼が育休を取ることはかなわなかった。

「あなた」の母親が、「あなた」を手伝いにやって来た。すぐに粉ミルクを飲ませようとする母親と「あなた」は対立した。「あなた」は母親に、**母乳がどれほど赤ん坊にいいか**を諭した。それは「あなた」が、やはりインターネットで得た情報だった。自分になかなか子供が出来なかったのも、母親が「あなた」に母乳を与えなかったからではないかと考え、実際そう口に出した。結果、「あなた」の母親は実家に帰った。

　祖母は数年前に死に、その後すぐに父親も死んでいた。「あなた」の実家にはもう、「あなた」の母親と、未(いま)だ働かない弟しかいなかった。あれだけ家族に体が弱い、と非難されていた母が生き残り、大きな邸宅を我が物とするようになった。そのことに、「あなた」の心は動いたが、それがどのような理由でなのかは分からなかった。「あなた」はいつも眠かった。いつも、いつも眠かった。「あなた」の目の下には隈（くま）がべっとりと張り付き、「あなた」の髪は艶を失ってボサボサになり、何もしていないのに奥歯が欠けた。度々乳腺炎に悩まされ、高熱の体で娘を抱きながら、乳腺外来を訪れた。

テレビや雑誌で見る、**産後1ヶ月で復帰した芸能人**の姿が、「あなた」は信じられなかった。彼女たちは、本当に私と同じ経験をしたのか？　何故（なぜ）完璧な体型を保ち、美しく微笑んでいられるのか？　どうして自分は、あんな風になれないのか？　自分は何を産んだのだろうと訝（いぶか）るほど、「あなた」の体重は産前と変わらなかった。腹の真ん中には正中線（せいちゅうせん）が走り、骨盤は開いたままで、乳首は耐え難いほどに黒かった。母乳のために、食べ物を減らすわけにはいかなかった。「あなた」は娘が眠った後に腹筋をし、娘を抱きながらスクワットをした。**一刻も早く、体を元に戻さなければならない**のだった。

想像を絶するほど過酷な育児中でも、「あなた」に幸せな時間は訪れた。「あなた」の娘の寝顔はうっとりするほど無垢（むく）で、母乳がよく出るようになったときは嬉しくて泣いた。「あなた」はInstagramへの投稿を続けていた。いつだってアップするのはそういった**幸せな瞬間**だった。「あなた」の投稿にはたくさんの**いいね**がついた。その数で、その数だけで、「あなた」は生きていた。

　娘が成長すると、「あなた」はあることを心配し始めた。娘の容姿は、かつての「あなた」、つまり、整形する前の「あなた」にそっくりなのだった。自分が整形したことは、夫にも告げていなかった。夫は豊胸には気付かなかったし、小さな頃の写真を見たがれば、顔がぼやけてあまり見えないものを選んで見せた。何よりいつからか夫は、「あなた」に一切興味を持たなくなった。

　娘が小学校に入る頃には、「あなた」は本格的な危機感を覚えた。「あなた」は娘に**女の子らしさ**を求め、少しでも**可愛く見える**ように工夫した。腰まで伸ばした髪は、毎日綺麗にブラシでといた。ズボンを穿きたがる彼女の願いを許さず、ピンクや白の美しいワンピースを着せた。そして、かつての「あなた」より早く、歯の矯正を始めさせた。娘は痛みに泣いたが、「あなた」には、それよりも大切なものがあることが分かっていた。

　ダイエットは、実質的な産後が終わってからも、ずっと続けなければならなかった。以前と同じ量を食べていても、「あなた」の体には簡単に肉がつき、そしてその肉はどうしても重力には抗えなかった。「あなた」はジムに通い始めた。インストラクターは若い男性だった。「あなた」は密かに彼に欲情した。彼が若い女を教える時と、自分を教える時と、明らかに態度が違うのが分かって喉が締まった。自分がもう、決定的に**価値のない女**になったことを、「あなた」は受け入れられなかった。

「あなた」は改造を続けた。頬にボトックスの注射をし、眉間の皺を取った。豊胸した胸は数年に一度メンテナンスをしなければならず、「あなた」は夫に金をせびった。だが彼には、もうそんな余裕はなかった。娘が通っている私立の小学校に、膨大な金を取られていたのだった。仕方なく、「あなた」は実家を頼った。SNS上で**恵まれた専業主婦**として**恵まれた生活**を発信し続けている限り、「あなた」に働くという選択肢はなかった。母には、娘の教育費に金がかかると伝えた。「あなた」とは疎遠になっても、母は孫娘を愛していたし、母には、死んだ父から受け継いだ莫大な財産があった。

「あなた」は手にした金を、ありったけ自分に投資した。ジムのパーソナルトレーニング会員になり、例のインストラクターを独り占めにした。美容室には3週間に一度通って、白髪染めと集中的なトリートメントをし、エステには惜しみなく金を使った。そしてそのことは、決してSNSでは明かさなかった。

「あなた」が目指さなければならなかったのは**美魔女**だった。40代になっても、50代になっても、まるで20代のような若々しさを保っている女性にならなければいけなかった。そして20代のような若々しさを保つために、努力している姿を見せてはならなかった。「あなた」は**ナチュラルに若々しい、奇跡のような40代**にならなければいけないのだった。そうでなければ、「あなた」は途端に**若作りに必死なイタいおばさん**に成り下がる。それは、絶対に避けなければならなかった。

「あなた」の価値は目減りし続けた。どれだけ自分を若々しく見せても、蛍光灯の下で見る「あなた」の肌は**中年女性のそれ**であり、「あなた」の体を**選んでくれる**男性はいなかった。「あなた」は度々、10代の頃の夢を見た。スカートを2センチ短くするだけで、たくさんの男たちが「あなた」をじっと見つめた、あの時代の夢を。

「あなた」は**ママ活**を始めた。自分の息子であってもおかしくない年齢の男に小遣いを与え、デートめいたことをした。何人か会った中で、「あなた」が気に入ったのはナオトという大学生だった。都内の大学に通うために一人暮らしをしているが、ダンスサークルの活動が忙しく、アルバイトをしている暇がないのだという。ナオトは**ナチュラルに美しい顔**を持って生まれてきた人間特有のゆとりがあり、そこから生じる罪悪感と表裏の優しさを持っていた。

ナオトとは週一で会った。1時間5000円の報酬はいつしか4時間のデート3万円になり、それに加え買い与えた時計や服などを入れると、金額は膨大だった。それでも「あなた」には、その時間が必要だった。ナオトに見つめられると、それだけで体の芯が熱くなった。肉体関係はなかった。時々手を繋いでくれるだけ、それも誰もいない場所での数秒の僥倖だった。「あなた」は何度も、ナオトに**抱かれる**ことを夢見た。ナオトが自分を欲し、性器を硬くするところを。「あなた」はその日のために美しい下着を買い揃えた。パーソナルトレーニングに精を出し、そして胸のメンテナンスに勤しんだ。豊胸手術のおかげで、「あなた」の胸は垂れ下がらずに済んでいたが、手で触ってみると、やはり偽物めいたぎこちなさがあった。最初に私の存在に気づいたのは、美容整形外科医だった。右の胸にしこりがあります。私は、私たちははじめ、往々にして「しこり」、あるいは「影」などと呼ばれるのだった。

会社員時代に、健康診断は受けていた。でも、専業主婦になってから、「あなた」はそれに類することをしていなかった。区から検診の知らせは届いていたし、「あなた」には定期的に人間ドックを受ける経済的な余裕があった。でも、「あなた」はそれをしなかった。

手術をしたことは後悔していなかった。でも、レントゲン検査やあらゆる検査で、他人に豊胸のことを知られるのが嫌だった。「あなた」は母乳外来で向けられた看護師からの非難の目を忘れていなかったし、早期発見に有効なマンモグラフィ検査は、シリコンで豊胸している状態では受けられないのだった。

「あなた」は自分の胸に恐る恐る触れてみた。人工のふくらみの奥に、確かにコリコリと硬いもの——それは私なのだが——があった。「あなた」は私を憎んだ。なんでこんな時に。「あなた」には、私に拘っている暇などなかった。3ヶ月後に自分の誕生日がやってくる。その日はナオトが（莫大な出費とともに）一晩一緒にいてくれる約束だった。それまでにメンテナンスを完了しなければならないのだった。これはただのしこりだ。それは一刻も早くこれを解決して、再び美しい胸を手に入れなければ。「あなた」はすぐに、乳腺外来を訪れた。

そこでは「あなた」の豊胸を揶揄する人などいなかった。「あなた」の年齢と私の存在を知った医師はエコー検査をし、針生検をした。「あなた」が医師から乳がんと診断を受けたのは春のことで、その頃には私は、3センチを超えていた。「あなた」は、術前抗がん剤治療を受けることになった。3週間ごと、合計8回の抗がん剤投与に、「あなた」は耐えなければならなかった。抗がん剤投与は、病院で行われた。体の反応と白血球の数値を見るために、投与後2日ほど入院する予定だった。副作用は想像した以上に過酷だった。「あなた」は、処方された吐き気止めすら吐いてしまった。吐くものがなくなると、緑がかった胆汁が出た。吐き気がおさまった後に襲ってくるのは関節の痛みで、それは「あなた」の骨を内側から締めあげた。退院する頃には異常な倦怠感に襲われ、タクシーに乗り込むだけで息が切れた。

二度目の抗がん剤治療後に、毛が抜け始めた。初めは陰毛、次に頭髪、最後にはまつ毛と眉毛も抜けた。高額な人毛のウィッグは「あなた」の頭を締めつけ、「あなた」の目は、つけまつ毛のグルーで結膜炎になり、ナチュラルな化粧品ですら、敏感になった「あなた」の皮膚を赤く腫れ上がらせた。

「あなた」が苦しんでいる時、私も苦しんでいた。薬は確実に、私の息の根を止めようとした。私は、生きるために分裂した。もう一つの胸へ、そしてリンパ節へ。

ちょうどその頃、世界中に、未知のウィルスが蔓延(まんえん)していた。彼らは「あなた」たちに攻撃されるたびに姿を変え、形を変えて生き残り続けた。私は彼らにシンパシーを感じた。彼らも私も、決して「あなた」たちを攻撃するつもりなどなかった。「あなた」たちと同じように、気がついたら存在していて、存在したからには、生きたいのだった。そして生きているだけで、どうしようもなく「あなた」たちを傷つけてしまうのだった。

日常生活がままならなくなった「あなた」は、娘を母に預けた。夫は朝から晩まで働かなければならなかったし、それは妻が病気になっても関係がなかった。「あなた」が病気を告げたとき、娘は、ママ、**かわいそう**、そう言って泣いた。

体重はみるみる減った。吐き気がない時でも、「あなた」の口腔(こうこう)には大量の口内炎が出来、液状のもの以外、口に入れることが出来なかった。「あなた」の体はステロイドの投与で浮腫み、苦労して身につけた筋肉はたちまちなくなった。美しく整えていた爪は根元から黒ずんで、些細なことで割れた。指先が麻痺するので、「あなた」はものをよく落とすようになった。ある日突然耳鳴りが始まって、それは脳内に響き、頭痛に変わった。「あなた」は白血球の数を人工的に上げる注射を打たなければならなくなった。それは「あなた」の糞便を硬くし、「あなた」の尻からは、排便のたびに血が流れた。

「あなた」は、抗がん剤をやめることを考えた。治療の途中で姿を消す患者がいると聞き、心が大きく動いた。でも、その人がその後どうなったかを思うと、恐ろしさで喉が締め付けられた。死にたいほど辛いのに、死ぬのが怖い。「あなた」はかつて想像すら出来なかった、苛烈な矛盾の中にいるのだった。

入院する期間が徐々に長くなった。夜は睡眠導入剤を飲んで眠り、リアルな、そして恐ろしい夢を見た。もう、自分の家には帰りたくなかった。退院したとしても、美しいインテリアと美しい花に彩られていたかつての「あなた」の家は、今や死にかけた自分と、死にかけた夫が眠る昏い場所であるだけだった。

時々、ナオトから連絡がきた。会いたいよ。その言葉を見ても、もう心が動かなかった。それはただ、お金がない、ということなのだった。「あなた」は返信せず、やがてナオトからの連絡も途絶えた。

「あなた」の母親は、よく顔を見にやって来た。母親は娘の写真や動画を「あなた」に見せた。そこには、実家の大きな庭で遊ぶ、生き生きとした彼女の姿があった。「あなた」が禁じていた男の子のような服を着て、庭の柿の木にするすると登る姿は、「あなた」の娘とは思えなかったし、休みの日に、弟と一日中カードゲームをしていると聞いたときは、飛び上がりそうになった。「あなた」の母はそれを喜んだが、「あなた」はどこか、騙(だま)されたような気分だった。

「あなた」の病室は相部屋だった。「あなた」と同じように抗がん剤治療中の患者もいれば、肺の病気を患っている患者や、中絶手術をしにきている患者もいた。中に、何の病気なのか分からない、ただ眠っているだけの老婆がいた。患者の入れ替わりは激しかったし、「あなた」自身、毎回入院する病室は違ったが、その老婆だけはいつもそこに、同じベッドにいるのだった。306号室のベッドに。前を通ると、老婆の足が見えた。「あなた」はその足から目を離すことが出来なかった。それはいつも布団からはみ出し、何故だかベッドの柵から突き出ていた。あらゆるものから断絶されて、小さな病室の隅で、水を与えられなかった植物の茎のように、ただ朽ちていた。

その老婆が呆(ぼ)けていると知ったのは、初めて同部屋になったときだった。夜、

「あなた」は老婆の声で目を覚ました。猫の唸り声のような声だった。それが性的なものだと気づくのに、時間がかかった。老婆は、あの朽ちた老婆は、そういうことからは遠く隔たれているように思っていた。でも違った。老婆の声は生々しく、若い女のように、媚びるように喘ぐのだった。

　同部屋の女性も目を覚ました。舌打ちをし、ナースを呼んだ。**こんな歳になってみっともない**。そう言った彼女は、「あなた」よりも年上の子宮がん患者だった。抗がん剤治療をしていても、抜けないんですよ。そう言って誇らしげに自分の髪を見せてきた人だった。

　やってきた若いナースは、「あなた」が何度か見ていたヤマギシという女性だった。**ナチュラルに美しい人**で、豊満な胸を持ち、それは整形で手に入れたものではないと、「あなた」にはすぐに分かった。入院患者に男性がいたら、すぐに性的な妄想の対象にされるタイプだ、そう思ってしまうことが恥ずかしかった。でも、実際この世界には、そのような男性の欲望を満たす**ナースもの**のアダルトビデオが、数多存在しているのだった。

　ヤマギシは、サトウさーん、夢見てるのかな？　サトウさーん、そう、優しい声で老婆を起こした。目を覚ましたサトウさんは何事か言い、そのまま眠りについた。その晩「あなた」は、眠ることが出来なかった。猫のような老婆の声が耳に残り、それは明け方になっても消えなかった。

最後の抗がん剤投与が終わった。「あなた」は深夜、トイレの個室にいた。腹痛を覚え、便器にずっと座っていた。座っているだけで吐き気が襲ってきて、「あなた」は持参したビニール袋に吐いた。尻から血を流しながら、やっと兎のそれのような小さな糞が出た時、「あなた」は大量の汗をかいていた。「あなた」の生理は止まり、「あなた」には更年期の症状が現れていた。ホットフラッシュは時間を選ばず、同じように突然襲ってくる倦怠感は堪え難かった。このまま、ここで眠ってしまいたかった。それでも「あなた」は這うように個室から出て、手を洗わないといけないのだった。「あなた」の免疫は徹底的に下がり、「あなた」が何かに触れるたび、それは菌となって「あなた」を脅かした。「あなた」の周りには今や、「あなた」を脅かすものばかりだった。「あなた」以外の全てが、束になって「あなた」に攻撃を仕掛けているのだった。

顔を上げると、鏡には、「あなた」が映っていた。小さな蛇口の栓をひねる、その動作だけでも息が上がってしまう、徹底的に弱った「あなた」の姿が。入院当初には美しい寝間着を着ていた「あなた」だったが、いつしかどうでも良くなって、病院着を着るようになった。薄いピンク色の、襟元の開いた病院着は、「あなた」をまごうことなき病人に見せていた。

蛇口から、細い水が流れていた。指を差し出すと、水は絡まるように指を濡らした。それは「あなた」の意識を束の間、現実から離した。

気配を感じて顔を上げたのと、老婆の存在に気づいたのが同時だった。「あなた」は、ひっと、声をあげた。サトウさんが、「あなた」の背後から、「あなた」をじっと見つめていた。「あなた」は咄嗟に、彼女の足元を見た。彼女はここまで、裸足でやって来ていた。あの朽ちた、小さな足で。それは何故か、驚くべきことのように思った。

サトウさんは、とても小さかった。「あなた」の胸までしかなかった。ちょうど、「あなた」の娘ほどの大きさだった。でももちろん、サトウさんは娘ではなかったし、「あなた」にとって何者でもなかった。

サトウさんは、手を差し出した。両手を、「あなた」の方に。まるで、抱っこをせがむ子供のように見えて、「あなた」は狼狽えた。やはり呆けているのだ。私のことを、母親だと思っているのだ。彼女の声、あの猫のような声は、いまだに「あなた」の耳に残っていた。あの声を出した人間が、こうやって子供のように振る舞っている。それはどこか、おぞましいことのように思えた。「あなた」は、ナースコールの位置を確認した。看護師を呼んだ方がいいだろうか。それとも、彼女を置いて病室に戻ろうか。こんなに小さな老婆から危害を及ぼされることはないだろうが、それでも迷った。「あなた」は確実に、彼女のことを怖がっていた。

　差し出したサトウさんの手が、わずかに震えていた。それが、抱擁を求めるものではなく、「あなた」の顔に触れようとしている手だと気づくのに、やはり時間がかかった。サトウさんは「あなた」に近づき、「あなた」はサトウさんの発する、どこか発酵したようなにおいにむせた。それは、「あなた」も嗅ぎ慣れたにおいだった。抗がん剤治療が始まってから、トイレに行くたび、「あなた」の女性器がにおうようになった。免疫が落ちているからだろうと、「あなた」は思った。そのにおいが、間違いなくサトウさんから強く漂ってくるのだった。機能を失い始めた、女性器の悲しいにおいが。

　それでこそ。サトウさんが言った。「あなた」は、自分の耳を疑った。え？　思わず、声に出すと、彼女は繰り返した。それでこそ。彼女の左目からは、涙が流れていた。それでこそ、私の娘ってもんだよ。

「あなた」は結局、サトウさんが触りやすいように、膝をついた。「あなた」の頬を挟んだサトウさんの掌（てのひら）は乾いていたが、ハッとするほど柔らかかった。それでこそだ。ねえ、それでこそ、私の娘ってもんだよ。サトウさんの息は、乾いた草のような匂いがした。潤んだ左目には、「あなた」が映っていた。それは到底、赤ん坊には見えなかった。それは47歳の、病に蝕（むしば）まれ、体毛と共に**女としての価値**を失った、**かわいそうな女**に過ぎなかった。私の娘だ。でかしたよ。あんたは、よくやったよ。

「あなた」はサトウさんの手を取り、306号室まで導いた。皆を起こさないように、ベッドまで、静かに彼女と歩いた。彼女はもう、「あなた」のことを娘と呼んだことを、忘れているようだった。彼女は母親から少女に戻り、おとなしく「あなた」に手を引かれていた。

彼女をベッドに寝かして、しばらく足を揉んだ。彼女の足は木の根のように硬く、ひび割れていたが、しばらくすると、じんわりと温かくなってきた。サトウさんは、指をしゃぶっていた。「あなた」は、彼女が目を瞑って眠ってしまうまで、そこにいた。今夜だけは、サトウさんにあの夢を見てほしくなかった。誰かに**抱かれる**のではなく、媚びるように声を出すのではなく、今日だけは、少女のままで眠ってほしかった。

サトウさんの寝顔を見ながら、「あなた」は、自分の頬に触れた。最初はゆっくり、やがて、腕を交差させ、彼女がやったように、自分の頬を完璧に挟んだ。それから、その手を徐々に下ろしていった。首に触れ、鎖骨に触れ、最後にそれぞれの手で、右の胸と左の胸に触れた。柔らかく、包み込むように。

「あなた」が自分の体を、そんな風に触ったのは初めてのことだった。

いつだって「あなた」の体は試されていた。「あなた」の体は、時に「あなた」を脅かすものになり、同時に「あなた」に脅かされるものだった。そして時に「あなた」を傷つけ、同時に「あなた」に傷つけられるものだった。

でも、今、「あなた」の体は、ただの体になった。愛されてはいなかったが、少なくとも、試されてはいなかった。「あなた」は「あなた」の体を、ただのその体を、再び所有しようとしていた。

私は「あなた」の体温を感じた。私は「あなた」があなたになるのを感じた。そのとき、あなたは赤ん坊だったのか、少女だったのか、母親だったのか、女だったのか、それとも、そのどれでもなかったのか、私には分からなかった。あなたは泣いていた。声を出さずに泣いていた。涙の理由を知りたかったが、その前に、私はもう消滅を始めていた。

VIO

これは、10年前の秋の話だ。

当時私は24歳で、25歳になることをとても恐れていた。

私にとって「若い」のは24歳までだった。25歳からは立派なおばさんになるのだと、本気で思っていた。アイドルに憧れていたけどなれなかったからだし、ギャル系のガールズバーでアルバイトしていたことも大きかった。

お店に来る人はみんな、本当にみんな若い子が好きだった。私より19歳のYumeちゃんの方がモテたし、Yumeちゃんの天下は18歳のまりぷぅ（本当は16歳）が入ってきたら終了した。

だから私はお店では22歳と嘘をついていた。唯一の先輩のジュリも、本当は26歳だけど3歳、肌の調子がいい時は5歳サバを読んでいた。ジュリは整形するためにお金を貯めていて、いつか手術で年齢がごまかせなくなったら自殺すると言っていた。そして、実際に死んだ。自殺ではなく、卵巣癌だった。

ジュリは35歳まで生きたそうだ。癌に冒されたジュリは、それでも死にたいと思っていたのだろうか。35歳なんておばさんだから、死ぬのに充分だと、そう思っていたのだろうか。今でも時々、ジュリのことを思い出す。

ともあれ、それは今私が話したいストーリーではない。私が話したいのは脱毛だ。陰毛の脱毛のこと。

腕や脚や脇よりも先に陰毛の脱毛を決意したのは、ジュリが紹介してくれたサロンが半額セールをしていたからだ。彼女がくれたのは『VIO脱毛し放題半額』のクーポンだった。

下半身の毛のことをVIOというのを、その時まで私は知らなかった。

「何リナVIO知らないの？」

ジュリは信じられない、という顔をした。そして、紙に描いてくれた。

「Vは前の部分。裸で鏡の前に立ったらわかるっしょ？　Iはあそこ、Oはまんま。」

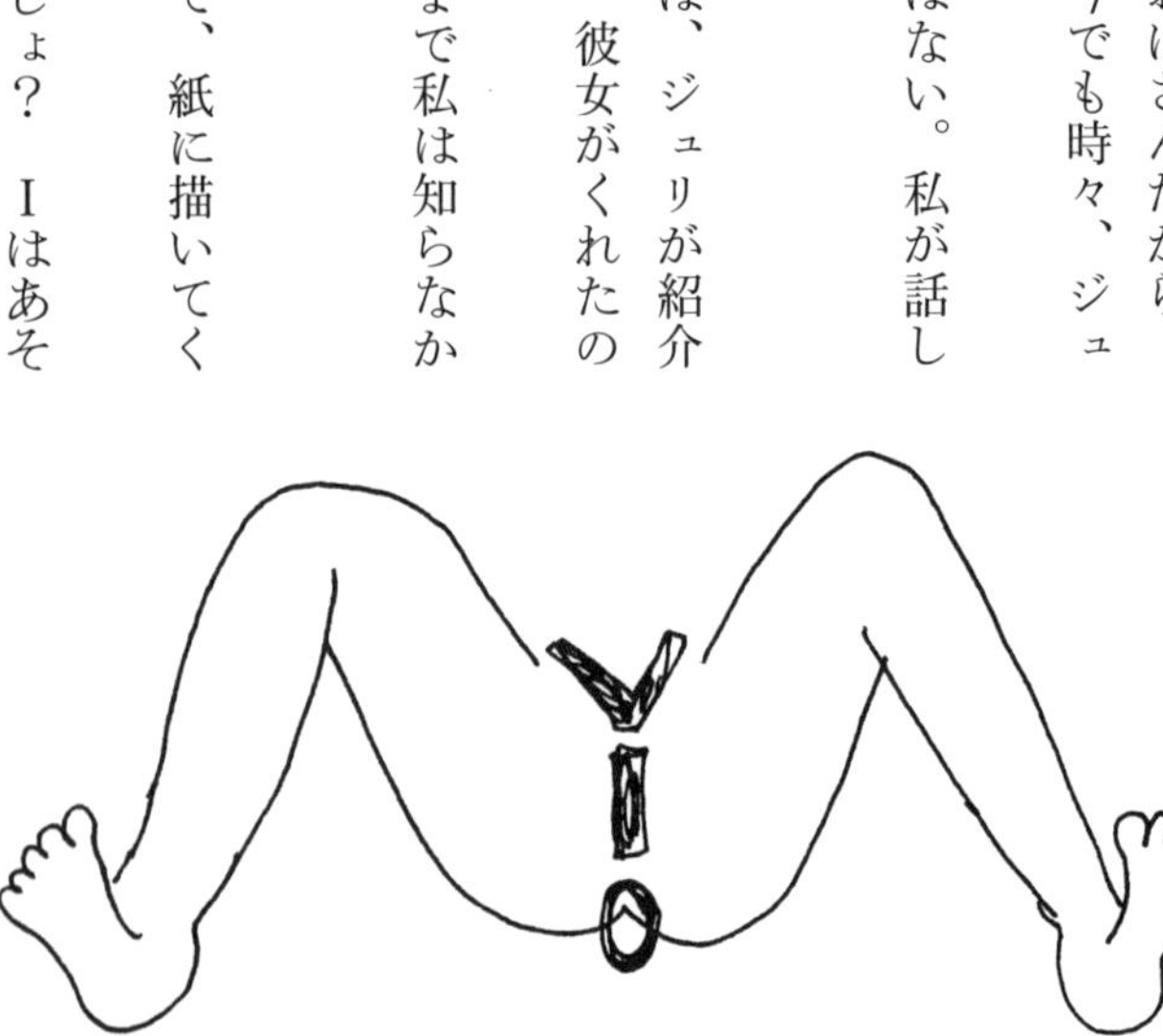

ＶＩＰのように何かの頭文字になっているわけではなく、ＶＩＯは、部位の形を表しているのだ。

「なるほどね！」

それにしても、ジュリがこんなに絵が上手だなんて知らなかった。私が褒めると、

「ちっさい頃は漫画家になりたかったからさぁ。」

少し恥ずかしそうに答えた。

「この値段だったらマジお得だよ。他と比べてみ。」

「痛い？」

「痛いよ。でもマジで楽。」

私はもともと毛深い方ではない。カミソリで処理するのもそんなに大変ではなかったし、脇毛を毛抜きで抜くのは楽しかった。でも、陰毛だけはなぜか異常に濃かった（急にＶＩＯ脱毛を勧めてくるなんて、ジュリは私の毛深さを知っていたのだろうか）。私のＶ部分はモジャモジャの黒い動物が貼りついているみたいだったし、手で触ってみる限り、それはＩ部分を大きく逸脱してＯ部分にまで及んでいた。

ブラジリアンワックスをすることも考えた。でも、陰毛にワックスを塗ってベリベリ剝がすなんて、考えただけでも恐ろしかった。もちろんレーザーも恐ろしかっ

たけれど、何をされるかいまいち分からない分、ワックスよりは耐えられる気がした。鉈で斬り殺されるのと、電気ショックで殺されるのの違いと言ったらいいだろうか。なんとなく想像できることって、すごく怖いのだ。

すでにVIO脱毛（どころか全身脱毛）をしていたジュリは、「楽」を連呼した。

「真剣に楽だって。」

「楽楽楽楽。」

水着だけではなく、下着を穿いても陰毛がはみ出さないことには、確かに惹かれた。私たちの下着は本当に小さかった。私たちはいつもTバックを穿き、生脚にミニスカートだった。しょっちゅう風邪をひいていて、布で擦れて、時々痔になった。でも私たちは、決してそれをやめなかった。

ともあれ話のうまいジュリに乗せられて、私は「VIO脱毛し放題」、なかでも「レーザー脱毛」の門を叩いたのだった（友達を紹介したことで、ジュリにはサロンからキャッシュバックがあったようだ）。

サロンは、新宿東口の雑居ビルの中にあった。エレベーターで4階に上がって扉が開くとそこはもうお店で、真っ白い店内は不自然にピカピカしていた。

個室に通されて下半身だけ裸になる。ガウンを着て待っていると、女の人が入ってきた。女の人というよりは、女の子という感じだ。頬が赤くて、素朴な顔をしている。

「よろしくお願いします。」

日本人ではなかった。名札には「ヨウ」と書いてあって、

「ベッドにどうじょ。」

片言の日本語を話す。

小さな施術台に横になると、ヨウさんがガウンをめくった。私のVが露わになる。

恥ずかしいけれど、これからもっと恥ずかしいことが待っているのだ。

「片脚立ててください。」

言われる通りにした。

「横にパタン。」

立てた脚を横に倒した。すると、私のIまで露わになった。部屋は暖かいのに、
下半身だけが冷える。恥ずかしくてむせていると、ヨウさんがバリカンを手にした。

「え。」

知らない人に陰毛を剃られるなんて。

ヨウさんは、私のVとIに顔を近づけて剃り始めた。自分のVIO部分を他人に、
しかもこんなに間近で見られるのはたまらなく恥ずかしかった。臭くないだろうか、

おかしな形だと思われていないだろうか。

脚を徐々に閉じてしまっていたのだろう。ヨウさんが、脚を押さえた。強い力だった。私はそれで、覚悟を決めた。ヨウさんはマスクをしているし、何より彼女はプロフェッショナルなのだ。

全て剃り終えたとき（Oを剃るときは、お尻をこじ開けられた）、ヨウさんはうっすら汗をかいていた。でも、その汗を拭こうともせず、ヨウさんはすぐに次の作業に取りかかった。白い小さなシールを取り出して、さらにハサミで切っている。そしてそれを、Iのすぐ近く、右脚の付け根あたりに貼った。

「何してるんですか？」

「ホクロ隠します。」

そんな所にホクロがあるなんて知らなかった。

「あの、どうして隠すんですか？」

「燃やします。」

ヨウさんはそう言って、洟（はな）をすすった。

「え？」

「レーザー燃やします。ホクロ黒だから。」

「黒い色を燃やすってこと？」

「はい。」

ヨウさんはもう1枚シールを貼った。今度は、Oに近いところだった。私のVIO近辺には、ホクロが二つあるのだ。自分の知らないことを知っているヨウさんを、私は不思議な気持ちで眺めた。

「あの、黒いものだけを燃やすんですか？」

「はい、黒いものだけ。だから、」

ヨウさんは、少し誇らしげだった。その表情のまま、大きなゴーグルをかける。ゴーグルをかけた彼女は、より誇らしげに見えた。ほとんど勇ましかった。

「金髪の人は燃えないです。」

ヨウさんは私の目の上にタオルを置いた。そして何も言わず、急に「それ」を始めた。

バシャッ！

古いカメラのような音がする。私のVが悲鳴を上げた。

バシャッ！

熱い。私の「黒い部分」が、燃えているのだ。

バシャッ！

その時だった。私の頭に、恐ろしい考えが浮かんだ。

黒いものだけを燃やすレーザー。

黒い髪の人だけを、黒い瞳の人だけを、黒い皮膚の人だけを燃やすレーザー。

バシャッ！

Vが、Iが、Oが痛い。熱い。だって燃やされているからだ。

音がするたびに部屋が光っているのが、タオル越しにも分かる。きっとそれが目に悪いから、ヨウさんはゴーグルをかけているのだ。とんでもない殺人兵器を思いついた私は、タオルが作った暗さの中で、ずっと目を開けていた。


次の予約は2ヶ月後だった。毛周期に合わせて施術をするらしい。

またあの痛みが待っているということももちろん恐ろしかったけれど、自分が新兵器を思いついてしまったことの方が恐ろしかった。どうしてこんなことを考えてしまうのだろう、もうやめよう、そう思っても、便座に腰掛けた瞬間やお客さんが絶えたバイト中、お風呂の中で、私はすぐに「それ」にとらわれてしまうのだった。

最初、想像に登場するのはヨウさんだった。ヨウさんはゴーグルをはめ、サロンの白い制服を着て、黒い毛を、黒い瞳を、黒い皮膚を燃やした。でも、その想像は続かなかった。どうしても違和感があった。

ヨウさんは恐ろしい兵器を抱えるにはあまりにも素朴な顔をしていたし、幼かった。何より彼女自身も「燃える人」だった。髪は深海のように黒かったし、瞳はマジックで塗り潰したように黒かった。肌はとても白かったけれど、白い分ホクロが夜空に光る星、の逆のように目立った。彼女も、このレーザーで間違いなく死んでしまう一人なのだ。

燃やすことを、そして燃えるものを想像するときは、いつもＶＩＯが熱くなった。熱く、熱く、熱くなった。ヨウさんはうまくやってくれていたし、火傷していることはなかったけれど、それでも熱くなった。そこだけ炎に炙られているようだった。もちろん私にはそんな経験はない。けれど、私はその熱さを知っているのだ。私はもちろん、「燃える人」だった。

どうしてこのイメージが、頭から離れないのだろう。

こんなこと、私の日常には関係がなかった。私はギャル系のガールズバーで働いている24歳の女で、お客さんから度々電話番号を聞かれた。一年中ダイエットをしていて、甘いお酒が好きで、１時間かけてお化粧をしていて、新宿を歩いていたらキャバクラのスカウトをされ、渋谷を歩いていたらアダルトビデオ出演のスカウトをされた。私は若かった。まだ。

でも、私は変わった。

うまく説明出来ないけれど、自分のＶＩＯにレーザー照射をされたあの瞬間から、私は変わってしまった。

まず、猛烈な検索をスタートした。私の他にも、こんな恐ろしい兵器を思いついた人間がいないか知りたかったのだ。技術としては存在しているのだから、考える人がいてもおかしくない。

「黒　燃やす　兵器」と打つと、最初の検索結果に「火薬」が出た。黒色火薬の「黒」が引っかかったようだった。私は検索を続けた。すると、「死よりもおぞましい最凶の禁止兵器」「使用禁止になった兵器【非人道的】」などが出てきた。

ホローポイント弾は人体に入ると先端が花のように広がり殺傷力を増す弾丸だ。ナパーム弾の消火はほとんど不可能で、被弾した人は痛みによるショックで命を落とす。クラスター爆弾は広範囲に死の雨を降らすし、白リン弾は人体の内部まで焼き尽くす。対人地雷は人を殺さず怪我(けが)をさせることを目的に作られているため、傷を負った被害者は長く苦しむことになるし、助けた人もろともダメージを与えることが出来る。枯葉剤は森林を枯れさせ食料を失(な)くすためのものだけど、被曝したたくさんの人たちが障害や癌を患う。そしてもちろん原子爆弾だ。原子核が起こす核分裂反応を使用した核爆弾は、ほかのどの兵器と比べても威力が大きい。

検索は止まらなかった。

黒人だけを対象にした殺戮(さつりく)は有名だった。１８００年代まで奴隷としてアメリカに連れてこられたアフリカの人たちは劣悪な環境で働かされ、リンチされ、性器を切り取られ、木にぶら下げられた（そしてもちろん、燃やされた人もいた）。ビリー・ホリデイという女の人は木にぶら下げられたその遺体のことを「奇妙な果実」だと歌っていた。

同じ色の人間同士で行われた殺戮もあった。ルワンダで、ナイジェリアで、コンゴで、コソボで、ポーランドで。日本では関東大震災の後に朝鮮人が殺され、南京（ナンキン）では日本兵による虐殺が行われた。

もちろんその頃には、「燃える人」だけが標的になるわけではないと分かっていた。世界で一番有名な虐殺は「燃えない人」同士で行われた。写真を見ている限り、私にはドイツ人とユダヤ人の違いは分からなかった。M.I.A.というミュージシャンのPVでは、赤毛の人間だけが選ばれ、銃で撃ち殺され、あるいは爆死させられていた。つまり、燃える人、燃えない人関係なく、人は燃やされるのだった。

恐ろしい兵器を持つにはヨウさんはあどけなさすぎる、そう思っていたけれど、彼女よりあどけない人、まるっきり子供が兵器を持って人を殺すこともあった。コンゴやウガンダの武装勢力の少年兵たちは大人たちに洗脳され、親を殺すことも自爆することも厭（いと）わず、誰よりも残酷になった。

殺戮には、レイプも含まれた。

泥に顔を埋められ、背後から犯されながら窒息死した人がいた。小さな子供たちの前でレイプされた人がいた。銃、瓶、刀、泥、ありとあらゆるものを死ぬまで性器に突っ込まれた人がいた。生き残った人もセカンドレイプで精神を殺された。誰にも言えず、フラッシュバックに苦しんで、生き残ったのに命を絶った。

スマートフォンの予測変換も変わった。例えば、今まで「ま」と打ったら「まつエク」と出たけれど、「マスタードガス」に変わった。「じぇ」は「ジェルネイル」から「ジェノサイド」に、「ほ」は「豊胸」から「ホロコースト」に、「ぴ」は「ピル」から「PTSD」に。

図書館にも通うようになった（今までは近所に図書館があるなんて知らなかった）。虐殺関連の本をかたっぱしから借りてバイト先に持って行った。いつもヴィトンの小さなバッグを持っていたけれど、それにはもちろん入らないから、私は大きな無地のトートバッグを買った。重いバッグを持っているとハイヒールが辛いので、ペタンコの靴も買った。

いつもなら、客が来ない時は大抵、ジュリや他の女の子とおしゃべりしていた（うちの店にオーナーはほとんど顔を出さなかった、手広くやっているのだ）。でも、私は我慢出来なかったし、みんなにどう思われても良かった。カウンターの内側に座り込んで、借りてきた本を開いた。

「リナさん、何読んでるんですか？」

意外な反応をしたのは、一番若いまりぷぅだった。

「原爆のことが書いてあるんだ、これ。」

図書館のシールがついた分厚い本を見せると、まりぷぅは、あ、と声を出した。

「多分家にある。」

「え！　そうなの？」

「実家ですけど覚えてます。なんか怖くないですか、表紙？　うわー、懐かしい。

私のひいおじいちゃんヒバクシャなんですよね。」

「そうなんだ。話聞けるかな？」

「やだ、もう死んじゃいましたよー！」

ヒバクシャって何、と、Ｙｕｍｅちゃんが話に入ってきた。私が説明すると、まりぷぅがスマートフォンで画像検索をした。

「うえっ、なにこれ。」

Ｙｕｍｅちゃんは仰け反って、でも画面から目を逸らさなかった。まりぷぅからスマートフォンを取り上げ、ヤバイ……と呟きながら、画面をスクロールしている。

「なんかでも、その本読んじゃダメだったんですよね。おばあちゃんに、周りの人にも言っちゃダメだって言われて。ひいおじいちゃんがヒバクシャだってこと。」

まりぷぅが言った。

「なんで？」

「なんか差別されんじゃないですか？」

「なんで差別？」

「昔はあったみたいだよ。それで結婚できなかった人もいるって。」

「えー、なんでよー、被害者じゃないですか！　差別されるとか意味わかんない！」

「そうですよね、勝手に原爆とか落とされてマジ悲惨。」

「日本は唯一の被爆国なんだよ。」

「ゲンバク落とされたの日本だけなんですか？」

「そうだよ。しかも2回。」

「え、広島でしょ？　あとどこ？」

「長崎。」

「あー、聞いたことあるそれー！」

ジュリは少し離れたところでスマートフォンをいじっていた。時々こちらを見たけれど、私たちの話に入ることはなかった。

2ヶ月後に訪れたサロンで、私はまた施術を受けた。

もちろん施術者はヨウさんだった。私はヨウさんにも話を聞いてもらいたかった。兵器の話や、虐殺の話や、レイプの話を。

でも出来なかった。ジュリが声をあげたある晩の思い出が、私を躊躇させたのだ。

その日も、私とまりぷぅとYumeちゃんは話をしていた。世界中で起こっているレイプについて。世界中で起こっている虐殺について。被害者について。加害者について。お客さんが来たら中断し、帰ったらまた話の続きをした。

ジュリはやっぱり、私たちの話には入らなかった。普段から気まぐれな子だったから気にしないでいたけれど、その日はなんだかイライラしているように見えた。そして三度目のボウズの時間、私たちがまた話を始めると、とうとう声を荒らげた。

「あんたたちさぁ！」

私たちは一斉にジュリを見た。

「そうやって色々話してっけどさぁ、なに？　それでなんか変わるわけ？」

こわ、とまりぷぅが言った。小声だったけど、聞こえたようだった。

「は？　なに？」

「あ、いや、なんでもありません。」

「リナみたいな奴ってたまにいるよね。なんか急に世界系気取るっていうか。」

世界系ってなんだろう、そう思ったけれど、聞かないでおいた。

「どうせ戦争反対なんでしょ？　何、そう言ってたら立派な人間なわけ？　どの口で言ってんのって話。あたしたち恵まれてんじゃん。まつエクしたりネイルしたり脱毛する余裕ある人間が戦争反対とか、はっ。」

まりぷぅとYumeちゃんは黙って仕事を始めた。普段はそんなことしないのに、ボトルを拭いたり、蛇口を拭いたり、随分とまめまめしい。ジュリには逆らわないでおこうと、心の中で決めているようだ。私は小さな声で「そうかな」と言うと、あとはただお客さんを待った。でも、最後まで誰も来なかった。

その日から、世界に思いを馳せる時、私は同時に恥ずかしさを感じるようになった。

例えば髪の毛を巻いているときや1時間かけてメイクをしているとき、こうやって安全な場所から悲惨な出来事に思いを馳せることは、とても傲慢なことなのではないかと考えた。時々残っていた過去の予測変換の「エステ　安い」とか「タトゥーメイク」なんかを見ると、ジュリの声が聞こえるのだ。

「どの口で言ってんのって話。」

ここにはジュリはいない。私とヨウさんだけだ。

静かな空間に、バシャッというあの音が響いている。時々痛みに体が反応したけれど（ビクッ）、私もヨウさんも、それには触れなかった。

タオルで覆われているから、ヨウさんの表情は見えない。

ヨウさんはプロフェッショナルだ。聞かれたこと以外は話さない。だから私が何か話しかけない限り、いつまでも無言で施術を続ける。

バシャッ!

時々、ヨウさんが手を止める。何かを考えているわけではなくて、きっと機械の調子が悪いのだろう。

「え、なんでそのヨウさん? が、ジュリさんと同じこと思うって思うんですか?」

私はヨウさんのことを、まりぷぅとYumeちゃんに話した。

「うーん、私たちはなんていうか平和なとこで暮らしてさ、毛の処理するような余裕あるじゃん? それで世界のこととか戦争のこととか話すって……。」

「え? なんでおかしいの?」

「ヨウさんはさ、人のVIOを間近に見てさ、毛を剃ってさ、それって結構きつい仕事じゃん。多分外国から来てるわけじゃん。日本て平和じゃん? VIO脱毛って安くないしさ、私ヴィトンのカバンとか持ってるし、なんかそんな贅沢して、人に下の毛の処理させながら戦争反対とかさあ……。」

「えー、リナさん、じゃあヨウさんが脱毛する側だからかわいそうって言いたいんですか？　それ、なんだっけ？　あ、職業差別じゃん！」

まりぷぅは目頭切開で大きくした目を、さらに大きく見開いた。

「それってあたしたちが高卒だからバカって思われてんのと変わらなくない？」

Ｙｕｍｅちゃんも同調した。

「Ｙｕｍｅさん、あたし中卒です。つうか中学もほとんど行ってないから、ほぼ小卒！」

まりぷぅはどこか誇らしげにそう言った。

「半端ないね。まあ、あたしたちがバカなのは間違いないけど。」

Ｙｕｍｅちゃんも、なぜか嬉しそうだった。

「そっか、ジュリさんはだから怒ったんじゃん？」

数日前に、ジュリは店を辞めた。前から辞めたいと言っていたけれど、どうしても引っかかった。メールをしても返してくれないのは、やはり怒っているからだろうか。

「バカが世界語るなって！」

「えー、なんで？　なんでバカが世界語っちゃいけないの？」

「知識ないからじゃん？」

「じゃあ、どれくらい知ってたら話していいの？　その線はどこなんだよ？」

「そうですよー！」

本当は、ジュリが店を辞めたら自分も辞めようと思っていた。自分が一番年上になるのが嫌だったからだし、Ｙｕｍｅちゃんとまりぷぅと三人だけで店にいるところは、なんとなく想像出来なかったからだ。

もちろん今までも、休憩時間に彼女たちと話すことはあった。でも、どこかで私とジュリ、まりぷぅとＹｕｍｅちゃん、という風に分かれがちだった。きっと年齢のせいだったし、二人の風貌と来歴のせいだった。私もジュリもギャルっぽかったけど、「ぽい」だけで二人ほどではなかった。目頭切開をした目に合計５００本のまつエクをつけたまりぷぅは掌にキリストのタトゥーを入れていて（クリスチャンではない）、カラーギャングの彼氏の色である赤を、常に身につけていた。Ｙｕｍｅちゃんはソープランドで働いていたけれどあまりにも頻繁にカンジダ膣炎になるので辞め、粘膜が弱いのにカラコンを外さずに寝るから白目がいつも充血していた。

でも今は、正直そんなことどうでも良かった。私はもっと話したかった。

お客さんが来て話を中断することにストレスを感じたのか、二人はとうとう、お客さんにも意見を求めるようになった。

「ＰＬＯってなんだっけ？」

「日本てどうして核開発に反対しないの？」

バカが何言ってんだ、そう説教してくるおじさんがいたし、そんな話をしにガールズバーに来てるわけじゃない、とがっかりする人がいた。でも、すごく熱心に話をしてくれる人もいたし、知っていることを教えてくれたり、本を貸してくれる人もいた。どんな人が来ても、Ｙｕｍｅちゃんとまりぷぅは堂々としていた。

２ヶ月ぶりに会ったヨウさんは、髪を切っていた。

あごで切りそろえられた髪はやっぱり、目をみはるほど黒かった。それが燃やされるところを想像するのは何度目だろう。ヨウさんの髪は、よく燃えた。瞳も。脱毛サロンに勤めているのに、ヨウさんの腕は毛深かったから、体もよく燃えるのだった。

ヨウさんは静かに、私の話を聞いてくれた。きちんと伝わっているか分からなかったけれど、ヨウさんが聞いてくれていることは分かった。タオル越しにでも、何故か分かった。

施術が終わると、ヨウさんは丁寧にタオルを外した。

「終わりました。」

それ以外、何も言わなかった。それはサロンに通っている間、ずっと続いた。

Ｙｕｍｅちゃんが店を辞め、まりぷぅも辞めた。Ｙｕｍｅちゃんはキャバクラで働くと言い、まりぷぅは闇営業の麻雀(マージャン)店でウエイトレスをやると言っていた。私たちは連絡先を交換し、その後も交流を続けていたのだけど、やがて途絶えた。

続けていこうと思っていた店は潰れた。それで、子供服の販売の仕事やドラッグストアのレジ係、建築会社の事務員などを転々とした。どれもあまり続かなかった。

脱毛には、結局1年かかった。

VIOに顔を近づけられるのにも、お尻をこじ開けられるのにも慣れた。かなりの毛がなくなったので、痛みも格段に減っていた。最初にレーザーを照射された日の痛みや熱さを、私はすでに忘れかけていた。

最後の日も、ヨウさんは無言で仕事をした。

切った髪は伸び、ポニーテイルにしていた。1年の間にヨウさんが髪を染めることはなかったし、カラーコンタクトをすることもなかった。

「終わりました。」

いつもなら、静かにタオルを外し、私がベッドから降りるのを待っている。でも、ヨウさんはその日、私を制した。彼女は自分の顔ほどもある手鏡を私に渡して、こう言ったのだ。

「見てください。」

私はその瞬間まで、自分のVIOをじっくり見たことがなかった。いつも手で触って確認するだけで、なんとなくこんな感じなのだろうと思っていた。

座ったまま膝を立て、ＶＩＯ部分が見えるように手鏡を当てた。

私はもちろん、綺麗に処理されたＶ部分を最初に見るべきだった。美しい逆三角形になった陰毛、きちんと小さな下着に収まるそれを見るべきだった。でも出来なかった。私は私のＶＩＯ、その全てに釘付けになった。

とても複雑だった。開花したての花に見えたし、新種の爬虫類のようにも見えた。いちばん奥まった部分は真っ赤に震えて湿り、皮膚ではなく内臓のようだった（あるいは本当にそうなのかもしれない）。Ｉの上にある突起は生き生きと丸く、深い呼吸に合わせてきちんと動いた。Ｏ部分にかかった襞は黒いグラデーションに染まっていて、何かを守るというよりは、何かを訴えかけるように揺れていた。

Ｏの横と、Ｉの近くにホクロがあった。あの、私が知らなかった二つのホクロだ。一つは長細くてわずかな凹凸があり、もう一つはひし形で滑らかだった。燃えずに残っていたそのホクロたちを撫でていると、何故だか胸が詰まった。私はそのまま、私のＶＩＯを触った。マスターベーションとは違うやり方で触るのは、初めてのことだった。私は、まるで愛する人の顔をなぞるように、そっと、優しく、触り続けた。

ヨウさんは、私のすることを見ていた。急かしたりはしなかった。私が「ありがとう」と言うと、ヨウさんは笑った。それは私が初めて見た、ヨウさんの笑顔だった。


10年が、あっという間に過ぎた。私はジュリが死んだ年齢になる。

あらゆる仕事が続かなかったけれど、そんなに焦りはなく、ただ興味を持った仕事を渡り歩いている、といった感じだ。今は、美容院の受付をしている。ネイルとスパも併設された、大きな美容院だ。

10年の間に、世界は動き続けた。

大きな地震が起こり、ハリケーンが街を破壊した。人がたくさん死に、人が人を殺した。ISがあらゆるものの尊厳を奪い、ヤズディの女性たちは性奴隷として売り買いされ、ロヒンギャの人たちは故郷を追われるか、そうでなかったら殺された。パレスチナの状況は悪くなるばかりで、チャイルディッシュ・ガンビーノというラッパーのMVは、人種差別と殺戮がまだアメリカで行われていることを示唆していた。

最近、長かった髪をあごのラインでバッサリ切った。ヘアドネーションに協力している店だったので提供を申し出た。そうしたら、今まで挨拶を交わすだけだったオーナーが、開店前に話しかけてくれた。

「社会貢献とか興味あるの？」

受付に座っている私の方へ、身を乗り出すようにして話す彼女は、都内に数店舗を持っている50代で、いかにもやり手、という雰囲気だった。少し怖かったけれど、話してみると気さくで、素直な感じの人だった。

「興味、はい。あります。」

正直興味がある、というほどのことはなかったけれど、誰かの役に立てるのは単純に嬉しかったたし、何より、せっかく話しかけてくれるようになったオーナーをがっかりさせたくなかった。

「グループ的にそういうことにも力入れたいと思ってるから、私も今色々調べてるんだよね。」

オーナーはそう言って、自分のスマートフォンのメモ画面をこちらに見せた。URLがずらっと並んでいる。

「最近、若い人たちが色々面白いこと考えるんだ。アプリとかで簡単に支援できたり、ゲーム感覚で社会貢献できるシステムがあったり。ほら、これなんて、好きな曲をダウンロードしたら、そのうちの何割かが耳の聞こえない人たちが振動で音楽を楽しめるシステムを作る費用になるんだって。」

Music for everyone というサイトは全て英語で、そういえばオーナーは若い頃イギリスに留学していたと聞いた。

「いろんなものがあるんですね。」

「ね。私はこれと、これと、これに協力してる。」

オーナーが画面をスクロールする。せっかちなのだろう。速さについてゆけなかったけれど、ＶＩＯという文字は目に飛び込んできた。

「あ、あの。」

「何？」

「ＶＩＯっていうのなかったですか？」

「ああ、えっとー、これ？　これは何だったたっけ？　あ、カナダに住んでいる友達に教えてもらったんだ。彼の友達が最近設立したんだって。」

「ＶＩＯって、あの、下半身の？」

「あ？　あはは、違うよ！　ＶＩＯなんて言い方するの日本だけでしょ！　ええと、なんだっけ、Violence and Injuries Opposite の頭文字を取ってるんだよ。全ての暴力と痛みに反対するっていう団体。」

「ちょっと見せてもらっていいですか？」

「いいよ。」

開いたサイトはやはり英語だ。でも、ほかのサイトと違って、設立者の写真が大きく載っていた。公園だろうか、美しい髪をなびかせた女性が、こちらを向いて笑っている。

「あ、これ、設立して間もないから、まだ色々説明途中なんじゃないかな。」

オーナーは私の視線を見ながら話をしてくれる。せっかちな分、こちらの気持ちを汲んで先回りしてくれるからありがたかった。私は写真をじっと見た。

「この人、可愛いよね。こうやって設立者が可愛い人だったら注目されるだろうし写真も大きいのかもね。Yō Shun Lee だって。中国系かな?」

ヨウシュンリー。

ヨウ。

「あの、なんて書いてるんですか?」

忙しい人だ、コートを着て出かけようとしていた。出がけにちょっと話しかけてくれただけなのに、私は彼女を引き止めている。

「え? これ?」

「はい。ごめんなさい、あの、簡単でいいんで。」

オーナーは英文を先に読み、ブツブツ言いながら翻訳してくれた。

「えっとね、全ての痛みに反対します。誰一人として痛みを感じるべきではありません。えっと、痛みにグラデーションはない。なぜなら、えーと、だれかに与えられた痛みは、それがどんなものであれ、痛みであることに変わりはないからです。人を殺すことが目的の兵器に人道的なものが存在しないのと同じです。うーん、ちょっと難しいね。」

「いいえ、分かります。よく分かります。」

オーナーは、じっと私を見た。ちょっと不自然なくらい長く。

「このURL送っておくよ。アドレス教えて？　そんなに興味あるなら、コピペして翻訳してみたらいいよ。それか、英語の勉強をしたらいい。」

私たちは連絡先を交換した。オーナーと個人的に連絡先を交換できるなんて思わなかった。

「よし、と。送っておいたよ。」

「ありがとうございます。」

そう言ったのと同時に、店の電話が鳴った。

「ほら電話！　私も行かなきゃ。」

オーナーはスマートフォンをポケットに突っ込んで、店を飛び出して行った。

私は予約の電話を取った。ぼんやりしていたから、何度も聞き返した。23日の14時、河原（かわはら）さま、カットとスパ。忘れないように口にしながら、店のデータに打ち込んでゆく。

ヨウさん。

あれはヨウさんなのだろうか。

写真の女性は化粧が濃すぎた気がするし、笑いすぎていた気がする。でも私は、ヨウさんの現在を、ヨウさんの10年を知らない。ヨウさんが私の現在を、10年を知らないように。

あれは私が10年ぶりに見た、ヨウさんの笑顔なのだろうか。

「忘れ物した！」

オーナーが走って戻ってきた。私たちは笑い合い、私は次の電話を待った。電話はすぐに鳴った。お客さんがたくさん来店した。その日は連休前で、ことの外忙しかった。

ずっとスマートフォンを見たかった。でも我慢した。我慢しながら、私は時々手でそっとVIOに触れてみた。もちろん服の上から。

1年かけたVIO脱毛だったけれど、陰毛はしぶとかった。また生えてきて、結局私のVも、Iも、Oも、毛だらけになった。小さなパンツには収まりきれなくなったけれど、もう脱毛は必要なかった。小さなパンツを、大きなパンツに替えるだけで良かったのだ。

あらわ

両の乳房を切除してから、露（あらわ）の生活は変わった。

切除して数週間は、傷口の痛みや突っ張り、胸に繋げられたドレインの違和感にばかり気を取られていた。でも、徐々に元の生活に戻ってゆくうち、肩こりが劇的に軽減していることに気づいた。Gカップの乳房は、露の肩に相当の負担をかけていたのだ。

露は持っていたブラジャーを全て捨てた。精巧な総レース、つやつやと光るシルク、惜しいものはいくつかあったが、使わないのであれば意味はない（残念ながら、同じサイズの友人もいなかった。使用済みの下着を寄付するのもどうかと思うし）。住んでいる自治体の規則に従ってきちんとホックやワイヤーを不燃ゴミに、残った布部分を可燃ゴミに出した後は（それでも誰かが布部分のみを盗んでいった）、ドロワーにぽっかり空いたスペースに何を詰めようか、そう考えてワクワクした。

結果、その空間には、新しい洋服がしまわれることになった。今まで自分には似合わないと諦めていたTシャツを何枚か買って、それに合わせたジーンズとスニーカーを身につけると、露は自分が生まれ変わったような気がした。

そう、実際に露は、生まれ変わったのだった。

露が乳がんと宣告された時、右胸にあったしこりは、3センチほどの大きさになっていた。露はまず抗がん剤治療を受けた。手術は、抗がん剤の終了後に行われることになっていた。最初の抗がん剤の投与から数週間後、髪の毛とまつ毛と鼻毛と眉毛と陰毛、つまり、19歳の頃に投資した全身脱毛後も残していたあらゆる体毛を失った。それはもう、清々しいほどだった。こんな機会は滅多にないので、露は無毛の頭のままで過ごした(頭皮は最初青みがかった白だったが、日に当てるうち、健康的な色になってきた)。その姿で外出すると、周囲の、露を見る目が変わった。

それまで露は、道で、電車内で、喫茶店で、あらゆる人から見られた。見てくるのはほとんど男性で、チラチラと姑息(こそく)な視線もあれば、ねっとりと絡みつくような視線もあった(ほとんどが後者だった)。それらが全て、「何か見てはいけないものを見ている」ような、どこか怯えたものに変わり、そして、乳房の全摘出手術を受けた後は、何故か呆気(あっけ)なく終わったのだった。

露は、古着屋で買ったカイリー・ミノーグの顔が描かれたTシャツを着て、街を歩いた。ブラジャーをしていない胸は心もとなかったが、すぐにその快適さに慣れた。夏だった。胸があったときは、乳房の間や下に滝のような汗をかき、油断するとそれがすぐに汗疹になった。でも、乳房がない今は、風通しが良く、胸元がなんとも涼しいのだった。足取りも軽やかに歩く露を、時々誰かがちらりと見たが、それだけだった。そこには、乳房がある時の露に絡みついた、あの湿り気のあるものはなかった。

そうか、皆、私を見ていたわけじゃないんだ。私の乳房を見ていたんだ。

露は、ある日気づいた。

抗がん剤治療中、「何か見てはいけないものを見ている」ようだった人の、「何か見てはいけないものを見ている」感じは、露の乳房に紐づいていたのだ。つまり、大きな乳房をしている女性が、無毛で生活していることに対してのものだった。最初に胸を見て、じっと見て、それから顔をあげて露の顔を見た男性の、ギョッとした顔や怯えた顔には、すぐに慣れたが、ギョッとしたその後、怒りを表明したおじさんのことは、どうしても解せなかった。彼は顔を真っ赤にしながら、こう言ったのだ。

「なんだよ、デカイ乳しておいて、そんななのかよ！」

皆、自分ではなく、乳房を見ている。

今更、新たな発見をした。人生いくつになっても学ぶことばかりだな、そうしみじみと思っている露は28歳だ。今更、というのは、彼女の職業は10代から続けていたグラビアアイドルで、乳房を失った途端、その仕事も失ったからだ。

露は過去10年間、サイズの小さな水着を着て脚を開いたり、女子高生の制服を着てスカートを捲（めく）り上げたり、小学生が着るような体操着を着て四つん這いになったりして来た。そしてその写真が、青年誌やゴシップ誌のグラビアページ（そして時に表紙）を飾った。

露は、グラビアアイドルという職業が好きだった。仕事によっては非常に割の良い給料をもらえたし、撮影の現場はプロフェッショナルの集まりだった。露の顔がむくんでいたら、美顔ローラーでゴリゴリとリンパマッサージをしてくれるヘアメイクがいたし、露が仰向けになった時、乳房が左右に流れすぎないように、粘着テープで綺麗に固定してくれるアシスタントがいたし、露が動くたび、惜しげも無くシャッターを押すカメラマンがいた。

撮影の間、露は、自分のことを料理だと思った。自分は皿の上に盛られた料理で、彼らは料理の写真を撮影しているのだと。セイロからほかほかの湯気が立っているところを、熱々のスープを勢いよく注ぐ様子を、チーズがとろりと溶け出す瞬間を、プロフェッショナルたちは逃さない。大切なことはただ一つ、「どれだけ美味（おい）しそうに見せるか」だけだ。そしてそれが、自分にも当てはまった。つまり、「どれだけエロく見せるか」。そのシンプルさは、露の心を安らかにさせた。自分は最高の料理となって、プロフェッショナルたちに、ただ身を任せていればいいのだった。

だが今、露は、彼らの労力や、その対価のほとんどが、自分の乳房に対して払われていたことを知った。露自身ではなく、露のGカップの胸こそが、大切なのだった。美顔ローラーで小さくした顔も、ローションを塗ってツヤツヤと光った肌も、全てはこの乳房のおまけに過ぎず、契約書に書かれた「容貌の維持に努めること」は、主に乳房のカップ数を下げないことに対しての契約なのだった。そして露は、その条項を図らずも破ったことになったのだ。

ショックではなかった。自分があまりにも無知であったことに、ただ驚いた。露は長らく、皆、自分自身のエロさを、愛してくれているのだと思っていたのだ。

元々、彼女は、人気のグラビアアイドルだった。ウエストが細く、手足が長い露は、リアルバービーと呼ばれた。ぱつっと切った前髪と、腰まで伸びたロングの黒髪の露は、バービー人形というよりは日本人形のようだったが、そのギャップも愛された。露は「清純派」のグラビアアイドルとして売り出されていたが、それはほとんどこの、一度も染めたことのない黒髪と、耳にピアスの穴がないことに由来していた。セックスライフを公表したことはなかったが、ファンは彼女がヴァージンであると決めつけ、いつしか呼び名は「穢（けが）れのないバービー」に変わった（つまり、バービーは穢れている、ということ？）。

露は、主にインターネットで展開される自分に関しての噂（うわさ）を、いつも興味深く見ていた。そしてそのことに、何も言及しなかった。露はＳＮＳには、主にギンズバーグの情報だけを投稿した。17歳で上京してきた時に、大家から譲り受けたメスのリクガメだ。出会ったときにはもう20歳を超えていて、今後、もっともっと長く生きるという。時々、ギンズバーグと一緒に自撮りをしたものを投稿した。好意的なコメントばかりだったが、中にはギンズバーグを亀頭とみなし（彼女がメスであることは度外視された）、露が性的なメッセージを発している、と推測するファンもいた（彼はその後、大きく膨らんだ自分の亀頭の写真を露に送りつけてきたのだったが、それはもちろん、美しいギンズバーグとは似ても似つかなかった）。

時々、彼のように間違える人もいるが、基本的にみんな自分のことを愛してくれている。そう思っていた。抗がん剤治療が始まって、グラビア撮影を長らく休まなければならなかったときも、ファンたちは、インターネット上で、「露ちゃんが見たい」「露に何かあったのかな？」「大丈夫かな？」そんな風に心配してくれていた。だが、そんな皆が愛しているのは自分ではなく、自分の乳房だったのだ。

「露のおっぱいが見たい！！！」

それは露に、複雑な気持ちをもたらした。というのも、露は、乳房を失った後の生活を、心から楽しんでいたからだ。肩こりのない生活を、うつぶせで眠れる生活を。

露は、仕事を続けたいと思っていた。乳房はなくなっても、自分にはキャリアがある。「エロく見せる技」は、10年の経験でことごとく心得ていた。自分はエロいのだ！　露には自信があった。でも、それはどうやら、露だけが思っていることのようだった。乳房のない露は、もうエロくないのだ。

露は、スクラップして取っていた自分のグラビアページを、毎日眺めた。四つん這いになり、上目遣いでこちらを見る19歳の自分はとてもいい料理だったし、小さすぎる水着を身につけてバナナを食べている24歳の自分も、とても美味しそうだった。露は、自分の写真が好きだった。自分でも、「自分ってすごくエロいなぁ」と思った。このエロさは、乳房がなくなったからと言って、損なわれるものではないのになぁ。

時々裸になって、鏡の前でポーズを取った。坊主頭のカーブはとてもセクシーだったし、胸を横断するギザギザの傷も、最高にエロかった。四つん這いになってみると、今まで乳房で隠れていたお腹まで見通せることが出来たし、何より露はもう、水着や貝殻で乳首を隠さなくてもいいのだった。

乳首。

露は、この不思議な物体のことを思った。

露は、自分の乳首を保存していた。医師に頼んで、切り取ったそれを廃棄せずに残しておいてもらったのだ。医師は50代くらいの男性だった。手術後、乳首を小さな瓶にホルマリン漬けにして、露に手渡した。

「こんなこと望む人は、あなたが初めてですよ。」

彼は、気味が悪そうに、そう言った。

露が乳首を取っておいてもらったのには、理由があった。

手術について説明を受けていたときのことだ。医師は、遺伝子検査の結果、露がBRCA1ポジティブであったこと、術前抗がん剤でがんは小さくなっているが、予防のため、両乳房を切除する必要があることを伝えた。医師は、とても残念そうだった。自分の代わりに、がんの再発を心配してくれているのだろうと、露は思った。彼に感謝しながら、同時に露は、アンジェリーナ・ジョリーと同じ遺伝子を持つことに、少し興奮していた（彼女と自分に、こんな共通点があったなんて！）。

「あなたはお若いですし、乳房を取るのはさぞショックでしょう。でも、再建手術の技術も、最近は素晴らしいんです。だから安心してください。」

医師は何故か、露が再建を望んでいることを前提にして話した。

「再建？」

「はい。その場合は、エキスパンダーというものを両胸に入れて、数年後にシリコンを入れることになります。このシリコンも、最近はとてもいいものが……」

「数年後？」

「はい。でも、早ければ1年ほどで入れることも出来ます。エキスパンダーの状態でも、不自然ではありませんよ。」

「あの、今後もう一度手術をしないといけないということですか？　再建するとなると？」

「そういうことになります。」

「じゃあ、いらないです。」

「えっ？」

「いらないです。」

「えっ、えっ？　再建しないということですか？」

「はい。再建しないです。」

「再建しないということですか？」

「聞こえませんでした？　はい、再建しません。」

「再建しないんですか？」

露は、医師の聴覚が心配になった。

「さ、い、け、ん、を、し、ま、せ、ん！」

露の大きな声に、医師はやっと、我に返ったようだった。銀色のフレームの眼鏡が曇っているのは、汗をかいているからだろうか。彼はコホンと一つ咳払いをして、今度はとても優しい声を出した。

「もし、サイズのことを心配なさっているのなら、以前と同じサイズのものを入れることができますよ。」

「いいえ。いらないです。**さ、い、け、ん、し、な、い！**」

「再建しない……。」

何故、こんなに動揺するのだろう。露には分からなかった。自分が間違った選択をしたと、露には思えなかった（彼女はその時も、まさか仕事がなくなるなんて考えもしなかった。というより、今後も長く仕事を続けていきたかったからこそ、また数年後に手術をして休むことを避けたかったのだ）。

「再建は、しないんですか……、分かりました。」

医師は、自分に言い聞かせるように、そう言った。何故か、心からガッカリしているように見えた。眼鏡はますます曇り、彼は一度それを外して、ティッシュで拭かねばならなかった。丁寧に眼鏡を拭き終わってから、彼はまた一つ、咳払いをした。そして、何か大切なことを言うように、露のことを、正面から見た。

「乳首は、どうしますか?」

「乳首?」

「そうです。」

その時の彼は、今までのどんな瞬間よりも、医師らしい表情をしていた。ハッとしている露を置いてきぼりにして、彼の口から、言葉がスラスラ出てきた。

「今は再建しないと思っていても、あなたはお若いし、いつかまた再建したい、と思うかもしれない。というより、きっとそう思います。私は、あなたにとっては人生の先輩です。あなたはまだ20代ですよね? 28歳? あ、結構いってますね。なんだ、もっと若く見えたのに。あ、ともあれ、あなたはまだギリギリ20代で、お若いから、判断を誤る時もあるんです。過ちは若さにつきもの! 私は、あなたの将来のことを考えているんです。いずれご結婚をされたいでしょうし、その前に恋愛もされたいでしょう。いやもちろん、あなたのような素敵な方は、すでに引く手数多だと思います。彼氏はいるのかな? ははは。とにかく、あなたには、他の若者のように、人生を楽しむ権利がある! あなたが、今は、乳房の再建をしない、という気持ちは分かりました。いや、正直分かりませんが、医師として、あなたの意見を尊重します。ですが、せめて、乳首だけを残すのはどうでしょうか?」

医師は、乳首、という言葉に力を込めた。

「乳首？」

「ええ、乳首です！　乳首さえ残っていれば、後からシリコンを入れても、とても自然ですよ。乳首は、とても、重要です。」

露はその時、乳首について、初めて真剣に考えたのだった。

乳首は、とても、重要です。

だから、彼に乳首を取っておいてくれ、と頼んだのだ。そんなに重要だと言うのなら、きちんと保存しておきたかった。それなのに医師が乳首の入った小瓶を、気持ちの悪いもののように渡してきたことが、露には解せなかった。これが重要だと、あなたが言ったんじゃないか！　でも、その思いも、長くは続かなかった。露は、小瓶に浮かぶ乳首に、この不思議な物体に、釘付けになったのだ。


今、その小瓶は、露の手の中にある。

ホルマリンに漬けられた乳首は、少し縮んで、レーズンのように見える。持ち帰ってきた当初は、興味深くはあるが、そんなに重要なものだとは思えなかった。でも、毎日眺めているうちに、なんとも言えない愛着が湧いてきた。丸くて、皺が寄っていて、それはとても可愛らしかった（亀頭なんかよりよほど、ギンズバーグに似ていた)。

こんなに可愛らしいものを、私はどうして、いつも隠していたのだろう。露は思った。

笑ってしまうほど小さなサイズの水着でも、貝殻でも、乳首だけは頑(かたく)なに隠してきた。

重要なものだから隠すのだろうか、忍者の秘伝の巻物のように?

乳首について考える日が続いた。なにせ仕事がないから、露には時間があった。ギンズバーグと戯れ、味噌(みそ)作りをし、パルクールに挑戦し、割れた皿の金継ぎをしながら、露はしんしんと、乳首のことを思った。

ある日、事件が起こった。マドンナが、自身のInstagramに乳首が写った写真をアップし、Instagramに削除されたのだ。彼女は裸ではなかった。フェティッシュなボンデージの下着から、乳首がちらりと見えているだけだった。マドンナは怒り、「まるで体の中で乳首だけが唯一性的な部分であるかのように」扱われていることに、疑問を呈した。おお、と、露は思った。

露は、彼女のInstagramを追った。賛同しているのはほとんど女性だった。マドンナと同じように考えている人が、露が思ったよりたくさんいた。彼女たちは、「乳首を解放しろ」と訴えていた。

「男性の乳首は検閲されないのに、女性の乳首が検閲されるのはおかしいだろうが！」

　確かに、と、露は思った。

　ジャスティン・ビーバーの乳首は散々見てきたのに、マドンナの乳首は見てはいけないのは、どうしてだろう。Instagramは、どうして女性の乳首を解放しないのだろう。実際、その方が喜ぶ人も多いのではないだろうか。露は、自分のグラビアが載った雑誌が発売されるたび、ファンの間で、「乳首が見えているかどうか」の議論が熱心になされていたことを、はっきりと覚えていた。

「これはギリギリ見えてる……」「とうとう露ちゃんの乳首を見れた！」、そう投稿しているファンもいれば、「騙されるな、これはただのブラジャーの刺繍だ！」と、何故か怒っているファンもいた。とにかく皆、露の乳首を見たがっているようだった。いっそ乳首を解放すれば、皆が見たいものを見ることが出来て、いいのではないだろうか。

　そもそも私たちは、散々、乳房をさらけ出してきた。Instagramも、それはOKにしている。男性と女性で違うのは、乳首ではなく、乳房の有無のはずだ。なのにどうして、私たちは乳房を晒し、乳首を隠さなければいけないのだろう。小さな水着で、貝殻で、あんなに必死に⁉　謎は深まるばかりだった。その謎に答えをくれるかのように、露のパソコンに、ある記事が現れた。

それは、現代の若者たちが、いずれコロナ禍が収まったとしても、今後マスク無しではもう生活出来ないだろう、というものだった。

大学生や高校生たちは、入学当時からずっとマスクをつけている。つまり彼らは、クラスメイトや同級生たちに、自分のマスク無しの顔を、ほとんど見せていない（もちろんそれは、職場でも同じだ）。その生活を続けてゆくうち、彼らはマスクを取るのが、恥ずかしくなったのだという。お弁当を食べるときに口を見られるのが嫌でたまらないから、トイレで食べている、そう答えている女子学生までいた。

コロナ禍の前は、彼らは人前で何かを食べていた。鼻だって口だって、堂々と見せていた。なのに、それらを（図らずも）隠し続けた結果、ただ見せることに抵抗を感じるようになる。つまり人間は、何かを隠し続けると、それが恥ずかしいものになるのだ。

露は合点がいった。私がずっと乳首を隠していたことで、いつしか乳首が「恥ずかしいもの」になってしまったんだ。そして、私のグラビアを見ていた人は、それが「恥ずかしいもの」だからこそ、あんなに見たがったのだ！

露は、かつてのグラビア撮影で、あらゆるカメラマンから、あらゆる指示を受けた。その中で一番多かったのは、これだった。

「恥ずかしそうにして。」

何故か読者は、「恥ずかしそうにしている女の子」が好きなようだった。どれだけ小さな水着を身につけていようと、脚を開いていようと、恥ずかしそうにしていないと、彼らは満足しないのだった。

プロフェッショナルであった露は、それをよく心得ていた。困ったように眉毛を下げたり、下唇を少しだけ噛んだり、恥ずかしそうにする技にはみるみる長けた。でも、その時はただ、「恥ずかしそうにすること」が、料理としての使命だからそうしていたまでだった。人間は、隠されたもの、「恥ずかしいもの」がうっかり見えること、それに興奮するのだと知ったのは、数年のキャリアを積んだ後だ（じゃあ、鼻くそは?）。

コン、と、音がした。ギンズバーグが、棚の上から、露のサングラスを落とした。窓辺に置いたこの棚は、露の部屋の中で一番日当たりがいい。だから、日中の数時間、露はギンズバーグをここに置いて、日向ぼっこをさせてあげることにしている。ギンズバーグは気持ち良さそうに昼寝をするが、やがて起きたり、お腹が空いたりすると、棚の上のものを落として、露に知らせるようになった。

「ギンズバーグ、おはよう。」

バナナをあげると、ギンズバーグは嬉しそうにそれを食べた。ギンズバーグの甲羅には、美しい模様がある。露はそれと同じ模様のビキニを持っている。もう肌寒くなってきた。来年の夏は、下だけ水着をはいて海に行こうと、露は思った。

一ヶ月後、露はマネージャーに電話をかけた。

沼さん、という坊主頭の男性で（というより、髪の毛がないので剃り上げているのだった）、この業界の経験も長かった。

沼さんは、すでに他の新人グラビアアイドルの担当になっていた。もう事務所に所属していない露からの久しぶりの連絡に、彼はどこか警戒していた。そういえば彼は、露が乳がんと告知された時からそうだった。冷静に治療計画を受け入れた露と対照的に、彼は動揺し続けた。露に契約終了を告げた時などは、ほとんど泣き叫んでいた。

「もう仕事がないよ、ないんだよ。残念だけど、仕方ないよ。受け入れるしかないよ！」

まるで乳がんと宣告され、抗がん剤治療を受け、乳房を切除したのは、自分であったかのように。

露は当たり障りのない挨拶をしてから、単刀直入に話し始めた。

「アダルトビデオに出演したいんです。」

「えっ！」

彼はそう言ったまま、しばらく黙り込んだ。どこかいい会社を考えてくれているのだろうか、そう思ったが、そうではなかった。

「……そんなに、金に困ってるの……？」

露は驚いた。金には全然困っていなかった。露は今まで稼いできたお金を、ほとんどきちんと貯金に回していた。決して贅沢はしなかったし、その貯金で、あと数年は何もせずに生活が出来るくらいだ。

アダルトビデオの出演料が高いのは、もちろん知っていた。かつて、グラビアアイドルから、アダルトビデオ女優に移行した友人が、驚くほどの額を教えてくれたから。彼女が教えてくれたのは、それだけではなかった。彼女は、アダルトビデオ撮影の現場がいかにプロフェッショナルであるか（例えば精液に見立てたものを手作りする人、エロく見せるための無理な体勢での挿入、男性俳優が勃起するのを待つ時間などなど）を教えてくれた。露にとって、それはとても興味深いものだった。

そして、グラビア業界で人気のアイドルに、色々な会社から声がかかることも、露は知っていた。実際、彼女には複数の会社からオファーがあった（25歳を過ぎてから、急に増えたのは不可解だったが）。そのどれも、沼さんが断っていたのだった。

「アダルトビデオ……？」

「はい。以前も、私にアダルトビデオ出演の話が来て、お断りしましたよね？　今なら大丈夫です、とお伝えしてくだされば。」

「え、あの、体……。」

「はい？」

「体は、元に戻ったの？」

「元に？　あの、がんのことでしたら、治りました。以前もお伝えしましたよね？　もちろん、再発のリスクはありますので、完治とは言えないのですが。通常は5年間再発がなければ寛解なんですが、私の場合は……。」

「いや、いや、あの、がんのことじゃなくて！　あの、ほら、体が元に戻ったのか、て。髪の毛とか、その……。」

「髪の毛でしたら、すっかり生えて来ました！　坊主頭って楽ですね。髪の毛が一瞬で乾きますもんね。沼さんも、楽でしょう？」

「は？　何？　俺のことといじってんの？　てか、まだ、坊主……？　あの、言いにくいんだけどさ、その時点で、もう需要はないと思うよ？」

「え？　需要？」

「あの、あ、あーもう、露ってそうだよね。勘が鈍いんだよね。そういうのって何？　天然ぶってるわけ？　天然が許されるのは25歳までだよ？　いや、24か？　うーん、23歳だな。そうだな。あ、えっと、なんだっけ？　ああ、アダルトビデオね。おっぱいは？　おっぱいは再建したの？」

「いいえ、再建していません。」

「はっ！　いや、もうはっきり言わせてもらうわ！　おっぱいもない、坊主の女のセックスなんて、誰が見たいんだよって話!!」

これには、さすがの露も腹を立てた。

坊主頭の女性は、セックスをしないとでも？

乳房のない女性は、セックスを楽しめないとでも？

坊主頭で乳房のない女性は、エロくないとでも？

あまりに腹が立ったので、電話を切ってしまった。切ってから、彼に大切なことを伝え忘れていたことを思い出した。

「私の乳首を、みんな見たがっていたじゃないですか。」

あれだけ皆が見たがった乳首を、今こそ曝(さら)け出そうと考えていたのだった。アダルトビデオでは、女性器にモザイクがかかる。でも、乳首なら皆が見ることが出来る。Instagramでも、扇情的なグラビアでもNGだったことが、堂々と出来るのだ。

でも、もう電話をかけ直さなかった。じゃあいいよ、露は思った。こっちはこっちのやり方で、楽しんでやるから。

次の日、露は、両耳にピアスをつけて出かけた。

1ヶ月前に、初めてピアスの穴を開けた。この小さな穴が、自分から「清純」を奪うのが解せなかった（そして露は、髪の毛をヴィヴィッドなピンク色に染めていた。どうせ穴を開けるのだから、とことん「清純」から遠ざかってみようと思った。言うまでもないが、ピンク色の坊主頭は、驚くほど露に似合った）。

露は、乳首を小瓶から取り出し、それぞれ窓辺でじっくり乾燥させた（ギンズバーグは大変賢い亀なので、言い聞かせると、それには絶対に触れることはなかった）。二つの乳首は縮んで、チョコレート色になった。ピストルにこめられるのを待っている弾丸のように見えたし、立派な果物を実らせる何かの種のようにも見えた。それを樹脂で固めて、フックをつけた。露は自分の乳首で、ピアスを作ったのだった。

本当は、アダルトビデオ撮影用に、用意していたのだ。セックスしている露の耳元で揺れる乳首は、さぞエロいだろう、そう思ってワクワクしたが、「需要がない」のであれば仕方がない。こうなったら堂々と、公共の場で乳首を晒してやるのだ。露は意気込んだ。

道ゆく人が、露を見た。見るのは大抵女の子で、中には、「あなた、格好いいね！」、そう伝えてくれる子もいた。

「ありがとう！」

露は嬉しかった。自分の両耳に乳首がぶら下がっていることが、露をより魅力的に見せていた。それはもちろん恥ずかしいことではなく、「見てはいけないものを見ているような」ことでもなく、ただただ、誇らしかった。誰も露のことを検閲しなかったし、誰も露に「恥ずかしそうにして」と言わなかった。

古着屋に入った時だ。店員に、とうとうこう言われた。

「素敵なピアスですね。」

待ってました、露は思った。息を吸って、言った。

「私の乳首なんです。」

そして、笑った。

「エロいでしょ？」

アズサが不思議な能力を得たらしい。そう、ケイシーが聞いたのは、長らく雨が続いた春が、そろそろ終わりを迎える頃だった。

アズサは、掌を見ていると、その人の未来が分かるのだと言う。

「どういうこと？　手相が見れるってこと？」

ケイシーが問うと、アズサは首を傾(かし)げた。

「手相……それとはちょっとちゃうねん。うちも分からへんのやけど……えっと、なんて説明したらええのやろ？」

「掌を見せてもらうと、その人の運命が浮かんでくるってこと？」

「ちゃうねん、ちゃうねん。浮かんでくるっていうか、見せてもらうっていうか……。」

「どういうこと？」

「とにかく来てくれへん？」

アズサは、ケイシーの叔母だ。ケイシーの母の妹で、母とは15歳、歳が離れている。ケイシーにとっては、叔母というより、歳の離れたいとこ、というような感覚だから、「おばさん」とは呼ばずに、「アズちゃん」と呼んでいる。

ケイシーの母は四人きょうだいで三番目、その下のアズサは末っ子だ。祖母が44歳、祖父が47歳の時の子供だった。

昔はアズサのような人のことを、「恥かきっ子」と言ったそうだ。恥というのは、セックスにまつわることで、つまり、「年甲斐もなくセックスした親から生まれた恥ずかしい子」、というわけだ。ケイシーからすれば許し難い中傷だったが、アズサが小さい頃は、それは比較的ノーマルな揶揄として認識されていたようだ。

「例えばお父さんとお母さんの歳を言うやん？　そしたら、あらぁ、ご両親えらい頑張ったんやねぇ、て言われたんよね。」

アズサは、小さい頃から、そういう仄(ほの)めかしの中で育った。だから、セックスの仕組みについて知ったのも早かった。つまり「おませ」と呼ばれる類だったが、おませな子の「私なんでも知ってるんだから、子供扱いしないでよね」的な気概は、微塵(みじん)も持っていなかった。例えばセックスについて話すとき、大人たちが何故かニヤニヤすることを、ただ、「随分ニヤニヤしているなぁ」と思うだけだったし、もちろん、自分も大人と一緒になってニヤニヤしようとはしなかった。つまり、分からないことは分からないまま放っておいた。

ケイシーは大学でジェンダー学を学ぶようになり、「恥かきっ子」や「お盛ん」「ヤリマン」「公衆便所」などの、セックスにまつわる揶揄や中傷をテーマに卒業論文を書こうと考えた（結果そのテーマは、「君がやるべきことではない」と、教授によって却下されたのだったが）。そのために、アズサにインタビューした。それは、とても興味深い経験だった。

アズサは、子供の頃のことをほとんど覚えていなかった。それに、時系列を整理して話してくれるタイプでもなかった。でも一方で、驚くほど細かなところを覚えていたり、誰かが言ったことを正確に再現してくれたりした。それはある種驚くべき能力だったが、それだけだった。アズサは記憶している出来事に対して正直であるだけで、自分自身の意見を挟むことを、決してしなかった。その時どう思ったか、どう感じたかを。

これは、アズサの最大の特徴の一つでもあった。ケイシーにとっては明らかにおかしいことでも、怒るべきことでも、アズサはそれを即座に受け入れ、それ以上突き詰めることもしなかった。無理してそうしているようには見えなかった。アズサはただ、そういう人なのだった。波に流されるように生きる、というよりは、大小問わず、やってくる波を真正面からかぶってびしょ濡れになり、ときどき大風邪をひきながら平然としていた。

アズサは、東京で一人暮らしをしている。友達がそうするというので一緒に上京して(でも、その友達は大阪に帰った)、正規社員の地位を一度も得ることが出来ないままに、その時々でアルバイトを続けながら(お弁当屋さん、コンビニ店員、テレフォンアポインターなどなど)、上京当時と変わらないワンルームの単身者用マンション(玄関を開けたら廊下、その途中にキッチンとユニットバス、突き当たりに6畳くらいの部屋、という、よくある間取りだ)に住み続けている。

大阪で暮らしていた時から、ケイシーは、アズサの家によく遊びに行っていた。ケイシーが東京の大学に入学することになり、一人暮らしを始めてから、二人の交流はより頻繁になった。インターネットで知り合った何人かと始めたシェアハウスが、アズサが暮らしているマンションと近かったからだし、そのシェアハウス生活が、思ったよりも楽しくなかったからだ(その後、ケイシーは引っ越したのだったが、新しい家も、アズサの家からほんの2駅離れただけのところだった)。

自分に仲のいい叔母さんがいることを、ケイシーはもちろん喜んでいた。世界は、「ちょっと変わったおじさん」で溢(あふ)れている。変わっているが、自由なおじさん、人生を教えてくれるおじさんで。だがもちろん、「ちょっと変わったおばさん」がいてもいいはずだ。

アズサはある意味では変わっていたし、ある意味では自由だった。つまりケイシーは恵まれていたわけだが、アズサは、ケイシーが望むようには変わっていなかったし、ケイシーが望むようには自由ではなかった。

アズサは、何も考えていなかった。そう、ケイシーには思えた。いつだってびしょ濡れのまま、確実に訪れる毎日を生きていた。朝から晩まで働き、服は大体ユニクロかH&Mを着て、たまに、ドラッグストアに売っている安物の化粧品を買う。痩せることには興味があるが、エクササイズやジョギングは絶対にせず、もっぱら「○○だけダイエット」的な、その時流行(はや)りのダイエットに手を出して、毎回必ず失敗する。テレビもインターネットもよく見ているが、大概はワイドショー的な芸能人のゴシップやお得情報だ。時々、虐待などの凄惨なニュースに心を痛めはするものの、それが世界のことに及ぶと、途端に無知になる。

「ガザって何人の国なん？」

アズサにそう聞かれた時、ケイシーは絶句してしまった。だからなのか、知識欲のあるケイシーのことを（ともすれば大学に進学したというそれだけで）、アズサは無条件に尊敬していたし、何か分からないことがあれば、いつもケイシーに聞くのだった。

「ケイシーみたいに賢かったらなぁ。」

それが、アズサの口癖だ。

「うちも勉強して、いろいろ知っとかなあかんなぁ。」

だが、そう言うだけで、アズサが何かしら努力の跡を見せることは、一切なかった。例えば、アズサがケイシーに送ってくる「知識」は、こんな類のものだった。

「表参道にあるハワイのパンケーキ屋、めっちゃおいしいらしいで！」

「甘酒って、飲む点滴と言われてるんやって。」

だが、その程度ならまだ無害だ。困るのは、アズサがインターネットのデマにも簡単に流されることだった。

一時期、「神の手」なる雲の画像が拡散されたことがあった。雲の形が大きな手で、それが太陽の光を優しく包んでいるように見える写真だ。結局、それはすぐに誰かが画像編集ソフトで作った偽物だということが判明したが、判明した直後、つまり、微妙に乗り遅れたタイミングで、アズサはその画像をケイシーに送って来た。ご丁寧に、『この画像を受け取った人は幸福になれます』というキャプション付き、その上、『ケイシーも幸せのおすそ分けせなあかんで！　最低五人に転送したらええらしいよ！』というメッセージも添えてあった。

今回の「能力」も、またこういう類の話だろう、ケイシーはそう思っていた。そして同時に、信じないまでも、自分は行くことになるだろうと確信していた。そろそろ、アズサの白髪も染めてあげないといけなかった（アズサは美容室に行かず、自分で白髪染めをしている。ものすごくまだらに染め上がるので、見かねたケイシーが、いつも手伝ってあげているのだった）。

結局、ケイシーはメールを打った。

『行くわ。スーパーでなんか買って行くから、アズちゃんの家で何か作って食べる？』

アズサから返って来たのは、いつものように絵文字ではなかった。ターミナル駅近くにあるビルに、深夜に来てほしい、そう書いてあった。

『1時な。夜な。昼やなくてな！』

アズサが深夜のビル清掃を始めたことを、ケイシーは知らなかった。薬局のアルバイトを辞めたのではなく、それを続けながら、週に3日ほど、深夜のビル清掃のアルバイトも始めたらしい。

「なんで？」

「だって、なんかもう年金出ぇへんくなるんやろ？」

「年金？」

「ほら、なんか政治家の人が言うとったやん。老後に2000万必要やって。」

掌

正確には、これは政治家の発言ではない。

2019年6月に公開された、金融審議会「市場ワーキング・グループ」なる人々による通称「老後報告書」の中で、老後のための資産形成に関して「2000万円が必要」という記述があった。それを受けて、当時の麻生太郎副総理大臣兼金融担当大臣が、「政府の政策スタンスと異なる」からという理由で、「正式な報告書として受け取らない」と返答したのだ。

もちろん、これ自体は許しがたい、由々しき問題だと、ケイシーは思った。正式な報告書として受け取らない、ということは、金融庁の政策に反映されないということだ。ただでさえ高齢化社会の日本で、老後の年金制度が崩壊するのではないかと、皆不安を持っているのに。国民の不安をさらにあおるこの報告書に回答をしないのは、そして、どんな状況であれ、反論に関して何らかのエビデンスを見せないのは、政治家として怠惰だし、不誠実だ。実際野党からも「責任放棄だ」という批判が出た。

それでも、アズサが、「なんか政治家が老後に2000万必要やって言うてた」、と判断するその安易さに、ケイシーはショックを受けた。そして、もっと驚くべきは、アズサがそれに対して怒りを表明する代わりに、自分のアルバイトを一つ増やしたことだった。つまりアズサは、その屈辱的な試算を、あっさり受け入れたのだ。

また新たな波を被るだけ、というわけだ。

「政治のシステム自体がおかしいんやから、アズちゃんが頑張る義理なんてないやんか。」

ケイシーがそう言っても、アズサは困ったように笑うだけだった。

「えー、でも、まだうち全然働けるし。」

「働けるしって言うても、いつまででも働けるわけやないやろ？　もしほんまに2000万必要やったとして、どんくらい働かなあかんのよ。」

「わからん、うわあ、そんなん想像したこともないわー！　車何台分よ？」

突っ込みたいことは山ほどあった。だが、やめた。アズサと話していると、いつもこうだからだ。なんだかどこかがずれていて、真剣な議論にならない。アズサはアズサだ。いつだってそうだったのだ。ケイシーは思った。


そのビルは、ケイシーが想像していたよりも小さかった。

ビル清掃、と聞いていたから、巨大なビル内を、機械か何かを使って掃除するのだと思っていたら、そこは雑居ビルで、しかもアズサが掃除するのは、そのうちの一軒のカフェバーだけらしい。

「めっちゃいい仕事やない？　朝までに店の掃除したらええだけやねん。」

掌

どうやらそのカフェバーは、不動産会社の若社長が税金対策でやっている店で、もちろんアズサの「清掃費」もそこから出ている、ということだった。だから、アルバイトの面接時に会っただけのアズサに鍵を渡すのも、社長は躊躇しなかった。もしアズサが売上金（ほとんどないに等しいようだが）や備品を窃盗しても、保険が下りるからだ（なんだったら、下りる保険金の方が多いかもしれなかった）。

中に入ると、「こんなもんバイトがチャチャッと掃除できるやん」、そう思ってしまうほどの狭さだった。つまりアズサの言う通り、楽な仕事ではあったが、その分時給も、とても安かった。

「現金を手渡しでくれるしな、なんかお小遣いみたいで嬉しいねん！」

40代後半のアズサが、労働の対価に「お小遣い」をもらって喜んでいることにケイシーは絶望したし、このアルバイトで老後の2000万を貯めようとしているアズサの楽観的な考えが信じられなかった。この時間を使って資格か何かを取得して、安定した職業に就こうと思わないのか、そう口から出そうになったが、多分また、ずれた返事をされるだけだった。

「一人でやるから、誰にも怒られへんしな。楽やねん。」

灯り（あか）に煌々（こうこう）と照らされた店内は間抜けだ。それでも、照明を落としたらそれなりに見えるだろうインテリアで、6席ほどあるカウンターも、3つほどあるテーブル席も、一応アンティークの何かだった。

「ケイシーは座っといて。掃除してまうから。」

アズサはそう言いながら、さっさと掃除道具を取り出し、床を掃き始めた。そもそも今日は何をしに来たのだっけ、そう思いながら、ケイシーはテーブル席の一つに腰掛けた。深い緑色の布張りのソファは、思ったよりも深く沈んだ。スプリングがへたっているのだ。

振動を感じた。それに気づくと、改めて階下の音がうるさいことに気づいた。ズン、ズン、ズン、ズン、と、四つ打ちの低音が聞こえる。

「下の階はぶち抜きでクラブやってるねん。」

アズサが言った。ケイシーがへえ、と答えると、アズサは、姿勢を正した。

「それが、うちの能力と関係ありやねん。」

ケイシーはやっと、目的を思い出した。結局、ケイシーに教えたくてウズウズしてしまったアズサは、掃除を適当なところで済ました（掃除の出来に文句を言われたことはないそうだ）。そして、ケイシーに立つよう促し、そのまま、椅子を持って移動した。前を歩くアズサは、ケイシーよりうんと背が低いから、後頭部が見える。つむじから白髪が、放射状に生えていた。

アズサが椅子を置いたのは、おそらく非常階段に繋がる扉の前だった。どこにで

掌

もある鉄製の扉だったが、そのすぐ脇に、高さが扉と同じくらい、幅が30センチほどの磨りガラスがはまっていた。

「ここやねん。」

アズサは、その磨りガラスを指差した。

「ここ？　ここって、どういうこと？」

「ここにな、手をつく人がおってな、その手を見てたら、その人の未来が分かるようになってん。」

ケイシーには全く理解できなかった。だが、これはいつものことだった。結局ケイシーが順序立てて、アズサの話をまとめることになった。

扉の向こうは、ケイシーの予想通り非常階段で、踊り場には、この店で使わない椅子や小さなテーブル、ビールのストックなんかが置いてある。一階下だとケイシーが思っていたクラブは実は二階下で（間にあるエステサロンは日中しか開いていないから、この音には頓着しないのだそうだ）、連日たくさんの客が訪れている。

朝まで爆音のクラブサウンドで踊り、格安のテキーラを飲み、何人かの人間が、何人かの人間を誘う。金がある人間や、少しでも余裕がある人間はラブホテルに行ったり、お互いの自宅に行ったりするのだが、そうでない人間や、セックスまでどうしても待てない人間たちが、この踊り場にやって来る。

クラブの一階上だと近すぎて誰かに見つかりやすいし、この階の踊り場には、テーブルや椅子があって、ついでに（冷えていないことを我慢すれば）ビールにもありつけるからだ。

　アズサの言う「手をつく人」というのは、行為の最中、磨りガラスに手をついて体を支える人のことだった。便利とはいえ狭い踊り場で、結果一番やりやすいのが立位後背位、俗に言う「立ちバック」という体位で、つまりここに手をつく人は、後ろから挿入されているということなのだった。

「それを見てると、運命が分かるん？」

「せやねん。運命って言うと大げさやけど、なんやろうな、人によるねんけど、明日のこととか、その人がおばあちゃんになったときのこととか。」

「それが、どう分かるん？　映像として見えるってこと？」

「あ、ああ、そう。掌に浮かぶねん。ほら、昔の映像みたいな感じでな。」

「じゃあ、白黒なんや？」

「ちゃうで。」

「え、違うんや？　カラー？」

「そう。音はないねんけど。」

「長い映像？」

「人による。ほら、人によって時間も違うやんか。」

「え？　あ、セックスの時間？」

「うん。」

「え、じゃあ、セックスしてる間しか、その映像は見えへんのや。」

「ていうか、入れてる時だけ。」

「挿入してる間だけってこと？」

「せやねん。」

アズサが、嘘をついているとは思えなかった。嘘だとしたらあまりにも無益だし、荒唐無稽だ。頭がとうとうおかしくなったのではないかと、ケイシーは少しだけ疑った。だが、注意深くアズサの目や振る舞いを見ている限り、それも考えられなかった。

とにかく、どのような状況であるのか、アズサはケイシーに見せたいらしかった。分からないことがあれば、いつだってケイシーに聞いてきたのだ。何でも受け入れるアズサも、この得体の知れない能力は、さすがに持て余しているのかもしれなかった。

アズサはいつも掃除が終わったら、朝まで始発を待つ（もちろんタクシー代なんて出してもらえない。アズサは最初「健康のために」と自転車で通うことも考えていたが、それもすぐに諦めたのだそうだ）。それまでここに椅子を置いて、後ろから突かれている人を見る。

はたから見ればただの出歯亀、つまり人のセックスを覗き見して楽しんでいる人だ。そして実際、最初はそうだったらしい。「ただこっそり見て楽しんでたんやけど」、そうアズサは言った。

「段々見えるようになってきてん、未来が。」

二人は並べた椅子に腰掛けて、欲望に駆られた人間たちがやって来るのを待った。クラブサウンドは規則正しい四つ打ちを続け、時々ＤＪがフロアを煽っている声や、客たちの歓声も聞こえた。結局、その日は誰も来なかった。

でも、その二日後、ケイシーは早々にそれを目撃することになった。しかも、一晩に二組だ。それからは驚くことに、店に行くたびに、行為と出会うようになった。磨りガラスはぶ厚く、しかもずいぶん汚れていたので、向こうをきちんと見ることは出来なかった。そして、どういうわけか、行為に及ぶ人のほとんどが、何も話さなかった。気配がするな、そうケイシーが思ったら、もう、喘ぎ声が聞こえ始めるのだった。

アズサの言う通り、行為が始まってしばらくすると、突かれている人が必ずガラスに手をついた。どうやらやはり、立位後背位で繋がっているようだった。掌がベタッとガラスに貼りつくと、ケイシーはいつも、車に轢(ひ)かれてペチャンコになったカエルを思い出した。

　ケイシーがアズサを見ると、目が少し違っていた。ほんの1メートル先で行われていることを見ているのではなく、もっと遠景を見ているような目になった。アズサは今「見えている」ことを、ケイシーに話した。

「えっとな、あの子は会社で働いててな。OLさんみたいな服着てるから、OLさんやろなぁ。パソコンでなんか通販サイト見てるわ、上司の人に見つかってな、注意されるねんけど、笑ってごまかして許されるんやね。また違うサイト見てる、えっと、なんやろ、あれは？　顔をゴリゴリ擦るローラーみたいな。」

「あ！　子供が出来てる。双子ちゃんやな。めっちゃ大変そう。お母さんなんかな、手伝いに来てる人と喧嘩(けんか)してるわ。あ、布おむつ使うんやなぁ。偉いなぁ。そうか、紙おむつは高いもんな。二人分ともなるとなぁ。」

「うわ、大学で教えはるんやわ、この人、賢いなぁ。大きな教室でな、生徒さんたちを集中させるのも大変やろなぁ。ノート取らへんのやなぁ、みんな、パソコン開けてるわ。なんやろ、これ。なんかグラフみたいなのを、大きい画面に映してる。」

　アズサは嘘をついていない。ケイシーは改めて思った。一人一人の嘘を考える余裕などアズサにはないだろうし、そもそもそんなことをする意味がない。アズサには見えるのだ。彼女たちの未来が。それが1日先のことであれ、数年先のことであれ。

それにしても、なんて無駄な能力なのだろう、そう、ケイシーは思った。彼女たちの未来のことを本人に伝えることは出来ないし（「あなたが後ろから挿入されているところを見ていました！」）、よもや占い師になったところで、「ここで立位後背位でつがってください」などと、言えるわけもない。

「あー、今日はめっちゃ見たなぁ。疲れたわぁ。」

しかも、アズサは週に三度、この無駄な能力を発揮してとても疲れていた。翌日の薬局のアルバイトに支障をきたしているのだそうだ。居眠りをして店長に怒鳴られたり、罰のように無駄な残業を無報酬で引き受けさせられたりしているというアズサを見ていると、ケイシーは悔しかった。だが、「やめれば」とは、言わなかった。ケイシーも、ずっとアズサと一緒に、この店に来ていた。終電に乗って、深夜の1時に。後ろから突かれている女性の、窓に押しつけられた掌を、ただじっと、見ているのだった。

二人がいつもの席に座ると、すぐに彼らは現れた。

もう何度目の夜か数えていない。最初の数回は、彼らが現れることを、なんとなく奇跡みたいに感じて驚いていたが、すぐに慣れた。やがて、彼らは絶対にやって来ると、ケイシーは確信を抱くまでになった。

彼らは、やはり話さなかった。女性の声が合図だった。数秒後には、体の一部がぶつかる、タン、タン、タン、タン、という音が聞こえ、それはいつも何故か、振動しているクラブの低音と、同じリズムなのだった。

いつものように女性が、掌をついた。最近はすっかり見慣れた光景のはずなのに、磨りガラスにつかれたその掌の、何かが違うとケイシーは気づいた。じっと見て、それからすぐに分かった。左手の指が、6本あった。

ケイシーは、指が6本ある人を見たことがなかった。だが、なんとなく、6本目の指は小指の横や親指の横に、「いらないもの」としてついているイメージがあった。例えば指としてカウントするにはあまりにも小さかったり、他の指と比べてバランスを欠いていたり、それゆえに「役に立たないもの」として切り落とされるものだと（高校生の頃に見た『さらば、わが愛／覇王別姫』という映画の中で、主人公の小豆は幼い頃、6本目の指を母親に肉切り包丁で切り落とされていた。その恐ろしいイメージから、ケイシーは逃れられていないのだった）。

だが、今見ている彼女の指は、6本で完璧な形をしていた。無駄なものが一切なかったし、欠けているものも、一切なかった。小指が2本ある、と言っていいのか、薬指が2本あると言っていいのか、とにかくその2本のどちらかが1本多いように思えたが、それはいらないものとしてではなく、役に立たないものとしてでもなく、きちんと機能していた。磨りガラスについた掌、その指の全てに均等に力がかかっているのが、ケイシーには分かった。

「ケイシー。」

アズサが、ケイシーの手を取った。アズサに握られて初めて、ケイシーは自分が膝の上で、拳を強く握っていることに気づいた。

「この人、」

もちろん未来のことを言うのだと、ケイシーは思った。彼女の未来がどういうものになるのかを、またアズサは夢中で話すのだろうと。でも違った。アズサはこう言った。

「めっちゃ気持ち良さそうやなぁ。」

ケイシーは、は、と、声を出した。未来の話ではなく、今、たった今、ここで起こっていることにアズサが突然触れたことで、視界が奇妙に歪(ゆが)んだ。

ケイシーは一度も、彼女たちの未来を「見た」ことはなかったが、それでもアズサと一緒に彼女たちの掌を見ているうちに、自分が見ているのは他人の性交ではなく、そのもっと先にある、ぼんやりした何かなのだと思うようになっていた。だがそれは、自分の「出歯亀」としての罪悪感を和らげることに役立っていただけで、ケイシーが、そしてアズサが見ているのはただ、目の前で性交している、女性たちの姿なのだった。

「なあ、思わん？　ケイシー。」

アズサの言葉に、ケイシーはわずかな反発と羞恥を覚えた。だが同時に、アズサがそう言ったことに、心の底から同意してしまう自分もいた。

目の前の女性が、心から快楽を享受しているのが、ケイシーにも分かった。そして、様々な女性の性交を見てきたケイシーにとって、それは、それだけで、驚くべきことのように思えた。

彼女たちは、女性がセックスを楽しむことに対して過剰な拒否反応を示す国に住んでいた。性的な客体として見られることは受容しなければならないのに、積極的に性を楽しもうとすると、途端に聞くに堪えない言葉で罵られる国に（大学の時に調べた性的な中傷のほとんどが、女性に向けたものだったことを、ケイシーは忘れていなかった）。

ケイシーとアズサが見てきた女性たちは、ほとんど快楽を感じていなかった。彼女たちが演技をしていることには、ケイシーですら気づいた。快楽のためにあげる大きな声は、この国に蔓延するポルノめいた手つきの中で創造されているだけで、快楽からはほど遠く、長く続く性交に疲れを覚え始めている女性もいた。彼女たちは、まるで背後にいる誰かにおもねるように、偽物の快楽を提供し続けていた。「これで合っていますか？」「これで正解ですか？」と、自分自身の快楽を、見知らぬ誰かに問うていた。

　だが、目の前の彼女、6本の美しい指を持つこの女性は、自分の快楽を、誰にも渡していなかった。快楽の只中（ただなか）に居座り、そこで性を全う（まっとう）していた。

　まず彼女は、他の女性たちのように、甘えた声を出さなかった。動物の唸り声のような、原始的な声を出し、時々大きく息を吸った。身体は規則正しいリズムを刻みながらも、彼女の唸り声は適切に身勝手で、不規則だった。時に長く伸び、時に短く凶暴で、そして度々、大きく弾むのだった。

　ケイシーは、彼女に拍手を送りたかった。この国で、彼女が自分の身体を、心から喜ばすことが出来ていることを、奇跡のように思った。

　自分が男性ではないと、ケイシーが気づいたのは早かった。胸にシリコンを入れることにも、迷いはなかった。違う性になりたいわけではないことに気づくのには、そこから少しだけ時間がかかったが、ケイシーは自分の希望を尊重した。自分の心と、そして体と向き合って、膨らんだ乳房と、陰茎を持ったまま、新しい人生を始めた。

ケイシーはもちろん、幸せになるつもりだった。違和感を抱えたまま生きてゆくのはごめんだったし、誰かにおもねって、許しを請いながら生きてゆくのもごめんだった。だが、新しい人生は、ケイシーの想像していたものとは違った。

あらゆる人が、ケイシーを問い詰めた。お前はどっちなんだ、お前はどうしたいんだ、お前はどうなりたいんだ。それはつまり、「お前は誰なんだ」、ということだった。

自分は自分だ。ケイシーは思った。

自分は、自分になりたいのだ。ケイシーの望みは、それだけだった。

世界は進化し、自分の「状態」を言い表すあらゆる言葉が誕生していることを、ケイシーはもちろん知っていた。そして、その状態のどれかに、自分を当てはめることを求められていることも。でも、何かに属せばたちまち、自分が自分でなくなるように感じた。誰かが作った枠に収まろうとすれば、必ず自分のどこかが歪み、壊れた。ケイシーは、自分の体を慈しみたかった。自分自身を心から愛したかった。だから、枠に入るのを拒んだ。すると、たくさんの人たちが混乱し、怒った。

ケイシーは聡(さと)く、想像力に長け、あらゆる人のことを思いやることが出来る人間だった。でも、混乱し、怒る人たちの多くは、何故かいつも、重要なことを決める立場にあった。彼らはケイシーに居場所を与えず、居場所が確保されても、なんらかの理由で退くことを促した。我々をこれ以上混乱させないでくれ、そう言われ、混乱するのはケイシーの方だった。

自分が望むことに、これほど皆が怒りの反応を見せることが、理解出来なかった。自分は、たった一人の自分になりたいだけなのに。

ケイシーが握っていたアズサの左手は、汗でじっとりと濡れていた。アズサはもう、彼女の未来を見ようとすることをやめていた。アズサは今現在、目の前で起こっていることだけを見ていた。その景色に魅了され、そこから、目が離せないようだった。アズサの鼻息は荒く、それは、ガラスの向こうの彼女の性交のリズムと合っていた。

アズサの性生活を、ケイシーは知らなかった。アズサに特定のパートナーがいた時期をケイシーは知らなかったし、アズサもそういったことに関して、ケイシーにも、誰にも、告げたことはなかった。そしてそのことで、アズサは親戚やあらゆる人たちから、やはり性的な中傷を受け続けていた。

「これが長く続いたらええなぁ。」

アズサが言った。アズサがこうやって、誰かの幸せを自然に祈ることが出来る人だということを、ケイシーは誰よりもよく知っていた。考えることをせず、あらゆる波を被り、びしょ濡れで、時に怪我をして、殴りかかるようにやってくる毎日を受け止めるこの叔母のことを、ケイシーは愛していた。

「なあ、思わん？　ケイシー。」

名前を変えると宣言したのは、ケイシーが17歳の時だった。圭史（けいし）という本名は残しながら、そして、ケルト語源で「勇気のある」という意味も持つという「CASEY」にするのだと、ケイシーは決めていた。それは、自分が自分であるだけで勇気を必要とするこの国の状況を、ケイシーが知る前だった。

ケイシーの友人の何人かは納得し、何人かは離れていった。ケイシーの両親は頑なに「圭史」と呼び続けたが、アズサは「ケイシーな、分かった！」そう言ってうなずき、それ以降、一度も、決して一度も、間違えたことがなかった。

「ずっと続いたらええなぁ。」

ケイシーも祈った。彼女の快楽が、長く続いてほしかった。彼女の未来がどういうものであるかは分からない。だが、自身の体を誰より愛している彼女の今を、祝福したかった。ケイシーとアズサは、手を繋いだまま、その場に居続けた。男性の射精が終わっても、女の人生は続くことを、二人はよく知っていた。

Crazy In Love

6時前に、家を出た。空は深い藍色で、私はまだ、昨晩見た夢の中にいるような気がした。たしか、車に関係した夢だった（車の色を塗り替えようとしたが失敗してギャー、とか、そんな感じだ）。車で迎えに来てくれたアサは、私と違って潑剌としていた。彼女は毎朝4時半に起きて、2時間ヨガをしている（今朝は1時間で切り上げてくれたらしい）。コーヒーを飲みたかった。でも、水以外は禁じられていた。仕方がないので、水筒に入れた白湯を、助手席で少しずつ口に含んだ。水を飲むことが出来るのも、あと1時間ほどだ。

朝の6時半から、プロスペクト・ホスピタルで、センチネルリンパ節生検をする予定だった。リンパ節にがんの転移がないかを調べる検査で、手術の前に行うことになっていた。腫瘍の周りに色素とラジオ・アイソトープを注射すると、注入された色素は、リンパ管を通してリンパ節に集まる。色素に染まったセンチネルリンパ節を摘出して、顕微鏡で観察するそうだ。

注射はものすごく痛かったが、施術自体は10分ほどで終わった。そこから再びアサの車で、30分ほどかけてマウント・サイナイ・ホスピタルまで移動しても、手術まで数時間はあった。

そもそも、生検と手術を同じ病院で行うことは出来ないのだろうか。それとも、もう少し遅い時間にすることは？　言いたいことは山ほどあったが、言える立場ではなかった。

カナダの医療は無料だ。私のような外国籍のがん患者も、州の健康保険に入っていれば、新薬などの適用外はあるが、無料で治療してもらえる。それは本当に有り難かった。でも同時に、無料だからこそ驚くことが多々あった。

例えば、今回の手術は日帰りだ。国が全額出す訳だから、なるべく患者には入院してほしくないのだろう。出産もたいてい日帰りか、翌日には帰されるという。産後、1週間入院して、授乳指導からお祝い膳から、産後マッサージまでつけてもらった自分と比べると、カナダで出産した人たちはなんて逞しいのだろう、そう思っていた。だが今は、自分が「両乳房全摘出日帰り」という形で、その「逞しい人たち」の仲間入りをしなければいけないのだった（送られてきた予定表を見ると、手術予定時間は12時、退院予定時間は15時とあった。何度も読み返した）。

数日前に、ドレインケアの指導があった。術後、乳房（あるいは乳房があった場所）の脇から出たドレインチューブから、卵のような形の排出バッグに血液や滲出液が排出される。それを8時間おきに自分で量って、処理しなければならないのだ。コロナもあって、私のように手術を控えた患者が数人、Zoomで参加した。看護師は明るい人で、ユーモアを交えて説明してくれた（実際、それはもう笑うしかないような状況だった）。

マウント・サイナイ・ホスピタルは、とても古い病院だ。レンガ造りの壁に蔦が這い、リノリウムの床は褪せて色が変わっていた。所々、ヒビも入っている。受付には数人の患者がいて、私はそこで、アサと別れなければならなかった。アサは私を、力一杯抱きしめた。

「待ってるから。」

彼女は、手術後も迎えに来てくれることになっていた。術後のことをうまく想像することが出来なくて、私はなかなか、アサから離れることが出来なかった。体が硬くなっているのを感じたのだろうか、アサは、私にだけ聞こえる声で言った。

「愛してるよ。」

カーテンで仕切られた部屋で、ガウンに着替えた。

これもネタになるかもしれない、と思って、部屋の隅々まで眺めた。私の職業は小説家だ。スマートフォンを取り出して、でも、写真を撮る必要はないと思い直した。部屋に特徴がないからではなく、記憶の中のそれを、大切にすべきだと思ったからだ。もし、今回のことを小説に書くとしたら、私は事実に手を伸ばすのではなく、小説内の真実が生まれるのを待つだろう（そうすることで、編集者からの赤入れが増えるわけだが）。そして、それがどのようなものになるのかは、書いてみるまで分からない。

カーテンの向こうに、誰かがいる。私と同じように、今日手術を受けて、今日退院する誰かだ。話をしたかった。せめて、挨拶だけでも。でも、わざわざカーテンをめくるのもどうかと思って、やめた。手持ち無沙汰だったので、スマートフォンを手に取った。充電が、あと24％と表示されている。壁にはたくさんのコンセントがあった。充電器とケーブルを取り出し、どれに挿そうか迷って、結局どこにも挿さなかった。

バッグにしまおうとすると、アレックスからメールがあった。

『今日の手術は何時から？』

メールの返信を打つ私の手首には、名前と生年月日、そしてバーコードのついたテープが巻かれている。抗がん剤治療の時もそうだった。患者を取り違えないようにするためだ。薬液を注入する前に、何度も何度も、名前と生年月日を確認された。

「1977年5月7日生まれの、一戸（いちのへ）ふみえです。」

自分の名前と生年月日を伝え続けていると、自分が自分から離れてゆくような気がした。自画像を描くために、自分の顔を観察している時のようだった。慣れ親しんだはずの自分の顔が、どこか究極的なところで別人に見える、あの奇妙な感覚。近づこうとすると、それはかえって遠ざかる。私小説を書くときも、こんな感じなのだろうか、と、ふと思った。

例えば自分の経験をベースにした小説を書く場合、私は、出来る限り登場人物と距離を取ろうとする。自画像のように輪郭を正確に縁取り、線を逃さないようにする作業とは逆で、輪郭をぼかし、線を崩す。そうでなければ、書けないからだ。

私小説は、自分に徹底的に肉薄し、自分に起こった何ごとかから目を逸らさないことだと思っていた。そしてそんなことは、自分には出来ない、と。私は「自分」の存在に窒息してしまうだろう。生々しい体温に炙られてしまうだろう。

名前を伝えているとき、私は誰だったのだろう。

私は、1977年5月7日生まれの一戸ふみえという人の治療に、至近距離で関わっている人間だった。関わって、そして、じっと見ていた。一戸ふみえの静脈に、彼女のがんに効果のある薬液が注入されていくのを。抗がん剤の副作用で弱った一戸ふみえが、一日中ベッドに横になっているのを。私はそれを、ただ見ていた。

『12時からの予定』

今もそうだ。こうやってアレックスに送っている手術の予定時間は、1977年5月7日生まれの一戸ふみえのもので、私のものではない、あるはずがない、と思った。ステージ2のトリプルネガティブ乳がんを患い、抗がん剤治療を受け、両乳房を全摘出して、ドレインチューブを体から飛び出させたままその日の内に退院するのは、一戸ふみえという人であって、私ではないのだ。では私は、一体誰なのだろう。

『執刀医の名前は?』

『ドクター・マレク』

『カーシャ・マレク?』

『そう』

『マジか! 今一緒に仕事中!』

驚いて、スマートフォンを落としそうになった。ギリギリでキャッチして体勢を立て直し、充電器をコンセントの一つに挿した。当たり前のことなのに、スマートフォンが充電を始めたことに、心が動いた。

アレックスは、友人の麻酔医だ。彼女が勤務しているシティ・ホスピタルには何度か行ったことがあった。とても大きな病院で、受付の隣の売店には、病院のロゴが入ったTシャツやキャップ、マグカップなど、いわゆる病院グッズが売られていた。

ドクター・マレクが、そこでも執刀しているとは知らなかった。彼女はこの病院専属の医師ではないのか。フリーランスとして（医師にその言葉を使っていいのであれば）、あらゆる病院で執刀している、ということだろうか。「さすらいの執刀医」、という言葉が浮かんだが、どう英語で表現していいか分からず（ノマド・サージョン⁇）、あたりさわりのない返事しか出来なかった。

『すごい偶然！』

アレックスから、すぐに返事が来た。彼女は、私より興奮していた。

『ほんまに！　この病院って麻酔医が60人おるねんで！』

バンクーバーに来て面白かったのは、女性たちの英語が、何故か関西弁に聞こえることだった。それはもちろん、私の勝手な思い込みに過ぎない。でも、彼女たちが話すと（あるいはメールでも）、幼少期に育った街の、私の周りにいた元気な大阪のおばちゃんたちの話し方が、脳内で再生された（そして不思議なことに、男性の言葉は、丁寧な共通語で再生されるのだった）。もちろん人によるが、年齢に関係なく、バンクーバーの女性たちは、全体的に明るくて距離が近く、あけすけで、どことなく大阪のおばちゃんっぽいのだった。

『ドクター・マレク、めっちゃ腕がいい、ええ先生やで！』

『😊』

英語だと、メールを打つのが遅くなる。いちいち頭の中で翻訳して、時に翻訳アプリを使って、意味が伝わるか確認してから送るからだ。でも、アレックスはどんなメチャクチャな文章も理解してくれるので、私も気楽に、めちゃくちゃなメールを送ることが出来た（それでも、彼女の返信の速さには敵わなかったが）。

『てか、仕事中にメールしててええん？』

『いや、もう手術自体は終わったから。後処理中』

『え？　まだ手術室？』

『そう』

『メールしてええんかい！　日本やったら考えられへんわ！』

『カーシャはJay-Z』

『???』

『Jay-Zをかけながら手術してたで』

『え！　マジ⁇』

『😊』

『マジか……いや、そもそも音楽かけてええの？　手術中に⁇』

『だって職場やん。ふみえは音楽かけへんの？』

仕事中に、音楽はかけない。音楽をかけると、それに意識が引っ張られて、文体に影響するからだ。でも、カフェで仕事をする時は、音楽がかかっている方が仕事は捗る。それが何故なのかは分からないが、私の友人も、仕事中ラジオをかけている人は多いし、マレク医師も、そういうタイプなのだろう。

今から一戸ふみえの両乳房を切除する人が、Jay-Zを聴きながらメスをふるっているところを想像した。何度か会ったマレク医師は、優しくて、とても物腰の柔らかい人だった（たおやかな京都弁って感じ）。ほとんど白に見える金髪を、いつもきっちりと後ろで束ね、晴れた日の湖面のような色の瞳に合う、メタルフレームの眼鏡をかけていた。白衣の下に着ている服も、鈍く光るシルクのニットであったり、きちんとセンタープレスされたパンツであったり、とにかく上品な人、という印象だった。

『彼女はクラシックとか好きなんかなと思ってた』

私がそう送ると、すぐに返事が来た。

『おい、偏見！』

アレックスは、台湾系カナダ人だ。7歳の時、カナダに移住してきた。餃子工場で働く両親に厳しく育てられ、必死に勉強して、ドイツの高校に留学（「学費が安かったから！」と、彼女は言った）、そのまま医科大学に入学した。そこで徹底的に医療を学び、晴れて麻酔医になったのだった。経験豊富で、優秀な医師なのだが、彼女が姿を現すと、不安を表明する患者がいると、いつかランチを食べている時に教えてくれた。

「なんで?」

「白人の男性医師が現れると思ったら、アジア人の女性医師が来たからやろ。」

アレックスの台湾での名前は徐梢燕(シュー・シャオイェン)。でも、カナダでの名前はアレックスだ。カナダ人の夫と結婚して姓を変えたので、アレックス・タナーが、彼女の名前だ。確かに、それだけでは男性か女性か分からないし、アジア人だと思う人も少ないだろう。

カナダには、彼女のように、移住してから親がつけた名前を使う人もいるし、生まれた時から西洋人名しか持っていない人、発音しにくいアジアの名前とは別に、自分で西洋の名を選ぶ人もいる(ダイアモンドやプリンセスなんていうのもある。私が一番驚いたのは、カップケーキさんだ)。

「不安やから医師を代えてくれって言われたこともあるで。」

「え! カナダでもそんなことあんの?」

「あるある、全然あるよ。こないだも職場の同僚に、アレックスはヨーロッパに行ったことある? て聞かれたんやで?」

彼女は昼から白ワインを頼み、ムール貝を食べていた。

「それって……。」

「アジア人の女がヨーロッパで医療を学んだなんて想像できひんのちゃう??」

「えー。」

「ごりごりドイツ語話すっちゅーねん!」

アレックスは笑って、「簡単なクイズ」を出してくれた。

「医師である父親と、その息子が交通事故に遭いました。父は即死、息子はまだ息があります。彼はそのまま救急外来に運ばれましたが、そこで彼を担当した医師が言いました。自分の息子の手術は出来ない。どういう状況でしょう?」

その時まさに彼女が目の前にいたから、私には答えが分かった。

「担当医師が母親やった。」

「正解。でも、結構な数の人が、答えられへんねん。死んだ父親が幽霊になって戻ってきた、とかめちゃくちゃなこと言う人もおるんやで? 世界にどれだけ女性医師がいると思ってんのって。」

「せやな。」

それから、アレックスと私の間で、「偏見!」と指摘し合うことが流行った。彼女はさすがに、なかなか失敗することはなかったが(たまに私に「ライターズブロックとかあるん?」とか「編集者と揉めたことは?」などと聞いてきたが、大抵当たっているので何も言えなかった)、私は、度々失言をした。

「おい、偏見!」

自分がいかに歪んだレンズで世界を見てきたのかを、日々思い知らされた(そもそも、「大阪のおばちゃん」のイメージだって、私の勝手な理想を当てはめているのに過ぎない。私は女性たちに、その理想通りであってほしいのだ)。

「そもそもふみえは、カナダにいいイメージ持ちすぎかも。」

アレックスはそう言って、ムール貝の殻をバケツに放り込んだ。カシャン、という気持ちのいい音がした。

「どんなに素晴らしい国にも差別や偏見はあるよ、残念ながら。」

そういえば、男性医師に執刀された患者より、女性医師に執刀された患者の方が死亡率が低い、というデータがあることを教えてくれたのも、アレックスだった。

『とにかくこれはいいサインやと思う。こんな偶然ないやん? ドクター・マレクにも伝えておくよ!』

『ありがとう!』

『ふみえ、愛してるよ!』

一戸ふみえは愛されている。そう思った。

目を瞑り、ドクター・マレクが血のついた白衣を着て、成功したラッパーのようなブリンブリンの車（これも「おい、偏見！」だろうか）を運転するところを想像した。そしてそのまま、浅い眠りについた。

目を覚ますと、スマートフォンは十分に充電されていた。もう心は動かなかった。時間は、11時を過ぎたところだ。尿意を感じて、トイレへ向かった。裸に院内着を着ただけの姿は寒いので、白と青のブランケットを、体に巻きつけて歩いた。すれ違う看護師たちが、「ハーイ！」と、陽気に挨拶をしてくれる。手術外来は、とても朗らかだった。

その雰囲気に大きく影響を与えているのが、イメルダという看護師だった。彼女はこのフロアの統括者なのだろうか。いつも大きな声で他の看護師に指示を与え、患者たちに声をかけていた。

「荷物預かったって、ベイビー！」

「ハニー、喉渇いてへん??」

私とすれ違うときも、彼女は口の端が耳まで届く笑顔を作った。

「ヘーイ、スウィーティー！　素敵なジャケット着てるやーん！」

きっとこの、ブランケットのことを言っているのだろう。ありがとう、と笑うと、

「寒いん？　大丈夫か？」

そう言って、肩を撫でてくれる。

「緊張してる?? 大丈夫やから。何かあったらいつでも私らを呼んで。」

トイレに入っている間も、イメルダの笑い声は聞こえてきた。真っ直ぐ伸びた、青い竹を思わせる声だった。

ベッドに戻ると、若い女性医師が私を待っていた。私の麻酔チームの一員で、ナタリーと名乗った。

「オッケー、ふみえ。今から麻酔室に行って、手術前の麻酔をするわな。」

アレックスも、こんな風に言うのかな、そう思った。ナタリーに頼んで、バッグは鍵付きのロッカーに預かってもらった。そうしている内にアイジェという研修医もやって来て、麻酔の説明をしてくれた。

「ふみえは、タイレノール飲んだ?」

「ん? タイレノール? いつ?」

「あれ? 30分前に飲んどかなあかんねんけど、飲んでない?」

ナタリーが、どうなってるんだ、という顔をした。周囲を見回して、通りかかった看護師に、声をかける。

「ふみえが、タイレノール飲んでないって言うてるねんけど。」

「え!? えーっと。」

困った看護師が、イメルダを呼んだ。イメルダは鼻歌、というより、本格的な声量で歌を歌いながら、こちらにやってきた。

「何？　どないしたん？」

ナタリーが事情を説明すると、彼女は大きな声で言った。

「え、飲ませたで、タイレノール！」

驚いた私も、大きな声になった。

「飲んでません！」

イメルダは、目を大きく見開いた。

「えー、飲ませたやん！　ビヨンセ！」

「ビヨンセ？」

その時頭の中に流れたのは、もちろん「Crazy In Love」だった。Jay-Zといいビヨンセといい、今日はどうなっているのか。

「え、ビヨンセやろ？　あんたビヨンセやんな？」

どうやらイメルダは、私のことをビヨンセだと（もちろんそれは〝あのビヨンセ〟とは違うのだが）勘違いしているようだった。いや、どこがビヨンセいう顔やねん！　と、日本語で声に出しそうになった（その瞬間、「おい、偏見！」という言葉が、自分に撥ね返ってきた。マドンナだろうが、リアーナだろうが、どんな名前だって名乗る権利が、私たちにはあるのだ）。

「私は、ビヨンセではありません。」

人生で、こんな台詞を自分が口にすることになるとは思わなかった。

「私は、ふみえ。」

もう何度も言った名前を繰り返す。聞かれていないのに、生年月日も言う。

「1977年5月7日生まれの、一戸ふみえです。」

イメルダは、不思議そうな顔をした。

「ふみえ……？　ふみえには……、飲ませてへんわ、タイレノール。」

先ほどイメルダは、私のことをビヨンセだと思いながら、肩を撫でてくれたのか。それとも、誰でもいいから、不安そうな人間の肩を撫でてただけだったのか。きっと後者だろう。イメルダは優しいから。

「ごめーん、ふみえ！」

でも、この失敗は、この失敗だけはやめてほしかった。30分前のタイレノールに何の、そしてどれほどの効果があるのかは分からないが、飲んでおかなければいけないものなのだったら、なんだって飲んでおきたかった。

ナタリーとアイジェが目を合わせて、肩をすくめる。どうするのだろう、と思っていると、ナタリーはパン、と手を叩いた。

「オッケーふみえ、時間がないからこのまま行こ！」

行くんかい！　と、今度は声に出た。パードン？　そうアイジェに聞かれたが、何でもない、と伝えた。私はそのまま、麻酔室まで運ばれた。

「ふみえー、グッドラック！」

背後から、イメルダの声が聞こえた。健やかに伸びた、あの竹のような声が。

「愛してるよ！」

笑いが止まらなかった。

麻酔を注入され、手術室に移動するまで、私はずっと笑っていた。ナタリーとアイジェには、緊張でおかしくなったと思われたかもしれない。あるいは、麻酔薬の稀な副作用かも、と。私はとにかく、笑っていた。自分の中から湧き上がってくるものを、抑えることが出来なかった。

私は一戸ふみえだった。

あのビヨンセでも、そして今日、手術外来にいたはずのビヨンセでもなかった（どんな人だったのだろう。もしかしたら、カーテンの向こうにいた人だったかもしれない。そうであるならば、やはりカーテンをめくっていればよかった）。

これは紛れもなく、私に起こっていることだった。

乳がんと告知され、数々の検査を受け、抗がん剤治療を乗り越えてきたのは、私だった。

私は、「自分」の存在に、窒息などしなかった。どころか私は、「自分」の、この濃厚な体に守られ、深く息をしていた。私の、生々しくもたくましい体温は、適切な炎で私をあたため、私を生かした。そうだ、単純に、私は生きていた。私はこれから、両乳房を切除して、体からドレインチューブを飛び出させたまま、生きて、家に帰るのだった。

私のベッドはストレッチャーとなって、院内を軽快に移動した。時々、軽くバウンドし、私の笑いはその度に、勢いを増した。

「あっはははははははは！」

その笑いが、アイジェに伝染した。一度噴き出すと、彼女も止まらなくなった。

「ちょっとふみえー、どないしたん？　あはは！」

ナタリーはアイジェを叱らなかった。彼女も一緒に、笑い始めた。

「なんか笑ってまうよね！　あはははははは！」

すれ違う医師や看護師が、何事だ、という顔をした。中には、

「今からパーティー？」

そう、声をかけてくれる人もいた。

「楽しんで！」

私の脳内には、「Crazy In Love」がずっと流れていた。ビヨンセが、この愛でクレージーになってる、そう歌っていた。

ママと戦う

ママと戦う日は、急に訪れた訳じゃない。私たちが思うよりずっと前から、きっと決まっていた。

2年前に、今のマンションに引っ越してきた。近くに大型商業施設があって、1ブロック以内にお洒落(しゃれ)なカフェとパン屋さんがあって、一番近くのスーパーマーケットは成城石井(せいじょういしい)で、一番近いコンビニエンスストアはナチュラルローソン、そんな場所。私はその頃にはもう学校には行かないと決めていたし、ママの職場に近いから、都合は良かった。職場と言っても、ママはフリーランスだ。雑誌やWEB、企業のPR誌などでライターをしている。取引している出版社や編集プロダクションが近くに固まっていて、打ち上げや会食もその辺りで済ますことが多いのだ。

私は、ママが29歳の時に生まれた。当時ママが暮らしていた都内のマンションは、若くて野心がある女の人が一人で住むのには適していたけれど、その女の人が赤ん坊を育てるのには適していなかった。私が泣き声をあげると、隣の部屋から、上の部屋から、しまいにはマンションの最上階に住んでいる大家さんからも苦情が入った。

それまで、ママの部屋に関する条件は、防犯はきちんとしているか、お洒落なエリアか、築年数は新しいか（それはつまりゴキブリが出ないか、ということだ。北海道出身でゴキブリを見たことがなかったママにとって、あの生物は脅威なのだ）、その三つだった。でも、生後2ヶ月の私と一緒にママが引っ越したのは、都心から離れ、ついでに駅からも遠くて、築年数は古く、オートロックもないマンションだった。あらゆる場所から、子供の泣き声が聞こえた。廊下には、ベビーカーや子供用の自転車が放置してあった。そこでは、私がいくら泣いても誰にも文句を言われなかったし、結果、ママは生まれて初めてゴキブリを（泣き叫びながら）叩き潰すに至ったのだった。

ママはその時のことを、エッセイ集として出版している。『惨敗育児』というその本は、シングルマザーとして子供を育てることの「悲喜こもごも」を「ユーモラス」に書いていて、当時バラエティ番組で活躍していたタレント（のちに薬物所持で捕まった）から、「やっぱり日本の母ちゃんは強い!!」という推薦コメントをもらった。

ママは元々小説家になりたかった。小学生の頃から作文だけはうまく、ママのお兄ちゃんばかり褒めていたおばあちゃんも、作文コンクールでママが賞を獲った時だけは喜んでくれた。でも、東京にある芸術系の専門学校で出会った講師（そこそこ有名なコピーライター）に、「あなたはいい子だから、小説家よりもライターの方が向いているんじゃないか」、という謎のアドバイスをされ、それまで思い描いていた夢をあっさり捨てた。

芸術系の専門学校を卒業して滑り込んだ小さな編集プロダクションで、ママはありとあらゆる雑用をした。平均睡眠時間は4時間、それでも平気だった。編集プロダクションを辞めた後は、お世話になっていた雑誌社から仕事をもらったり、ほかの出版社に売り込んだりした。元々働き者だった。現場を盛り上げるのが上手で、締切を破らなかった。編集者から誘われた飲み会も絶対に断らなかったし、どれだけ疲れていても、朝が早くても、最後の一人になるまでつき合った。「(原稿はそんなに上手じゃないけれど) 使い勝手のいい人」「(並外れた才能があるわけではないけれど) つき合いのいい人」という評判が広まって、少しずつ仕事も増えた。

そんな中で、ママはブログに細々と日記を書いていた。ママがブログを開設したのは、ライターとして自分の名前を売り込むというより、当時悩まされていた恋愛（ママは取材で出会ったバンドマンに恋していたけれど、彼には本命の彼女のほかに、何人もママみたいな人がいた）に関する思いを吐き出す場所が欲しかったからだ。ブログでの名前を「むりねこ」にして、相手が誰だか分からないように工夫し、何よりママは、このブログに読者がいることを想定しなかった。でも、ある日コメントがついた。

『むりねこさんのブログ、すごく共感できます！』

読まれている、と知ってから、ママの文章は変わった。どれだけ湿った内容でも、なんとか笑える方向に持ってゆこうと努力するようになった。自身をからかい、『ブスの泣き言につき合ってくれてありがとう』、そう自虐した。それは小さな頃から身についていたことだった。ママはおばあちゃんから、いつもこう言われていたのだった。

「あんたはバカで器量も良くないんだから、せめて愛嬌を持ちなさい。世間様に可愛がってもらわないと！」

ブログの読者は増え、『次も楽しみにしています！』、そう書き込んでくれるファンも現れた。それからは、出会った男性の特徴や傾向、一緒に行ったレストランの格付け、なんていうものにシフトした。それが、ある編集者の目に留まった。当時は『ブリジット・ジョーンズの日記』や『セックス・アンド・ザ・シティ』がとても流行っていて、「独身女性の本音」を描いた「赤裸々な」物語が好まれた。編集者はママに、「あなたはこの系譜に連なることが出来る」と豪語した。

そこから、ママが書くものは過激化していった。ざっとタイトルをあげると、こんな感じ。「ブスなりの可愛い喘ぎ方」「セックスが急に始まりそうなとき、オリモノシートどうするか問題」「目視で分かる股間サイズ表」。ママはブログで使っていた「むりねこ」をそのままペンネームにし、エッセイ集のタイトルは『暴走女道』に決まった。編集者は扇情的な売り込みに力を入れ、そこそこの売り上げを記録した。

ママの仕事はその本がきっかけで変わった。主に女性誌で恋愛系の、そうでなければ体験型のエッセイを頼まれるようになり、時にはテレビやラジオにコメンテーターとして呼ばれることもあった。ママは自分に求められる赤裸々で過激な意見を「愛嬌」を持って発信し、「世間様」に可愛がってもらうために努力をした。でも、顔出しをした途端一発で身元がバレ、地元は荒れた。当時流行っていた『2ちゃんねる』というインターネット掲示板では、『セックスを語るブス』というスレッドが立った。

そんな中で、ママは私を妊娠した。相手はバーで出会った、30歳年上の作家だった。初めて会ったとき、ママの仕事を知った男は「言葉を廃棄している女」、そう言い放った。

「脊髄反射でしかない駄文を垂れ流して小銭を稼いで、それは言葉と知性への冒瀆(ぼうとく)

だ。」

どうしてそんな男と恋愛関係に陥ることが出来たのかは置いておいて（逆も然り）、とにかくその男と避妊なしでセックスして、私が出来た。

妊娠したことを相談したとき、彼は「君に任せる」と言った。

「君の体は君だけの、大切な体なんだ。僕には権利はない。君が決めるべきだよ。」

つまり逃げた。

ママは一人で私を産むことに決め、彼とは別れた。彼は出産費用を出し、数年間は養育費を払った。でも、彼自身が鬱になってからは、なし崩し的に送金が途絶えた。作家には息子が一人いて、ママより少し年上だった。10代の頃から引きこもりで、歳を重ねるごとに暴力や暴言がひどくなり、それが原因で妻が精神を病んだ。作家は、そのことを『溺れる扉』という小説にしている（その小説は「赤裸々な私小説」などと形容されて、少しだけ話題になったけれど、ママらしき人物は登場しなかったし、自分のことを時々「ぼくちゃん」と呼ぶことなんかも書いていなかった）。

ママは私を、一人で育てなければならなかった。おばあちゃんはママの（本当に）「赤裸々な」エッセイに激怒していて、事実上の勘当状態だった（おばあちゃんの求める「愛嬌」とは違ったようだ）。ママはあらゆる友人に助けを求め、私のベビーシッター代を稼ぐために働き、働くためにベビーシッターを雇った。そして夜は私に乳を吸わせたまま原稿を書いた。一番しんどい時にやけくそで書いた『惨敗育児』が売れ、3刷がかかったところで『暴走女道』が深夜帯のドラマになった。それでまた仕事が増え、私を私立の中学に入学させるまでのお金を貯めることが出来たのだった（結果、30代も働きづめだったわけだ）。

ママは46歳になる。生理が不安定になって、突然の大量出血はオムツみたいな夜用ナプキンでも追いつかない。ちょっとした天気の変化で偏頭痛が始まって、急に涙が溢れるかと思えば、目玉が引き攣るくらいのドライアイになる。数年前に子宮筋腫が見つかった。取り出した筋腫は大小合わせて20個を超えていた。ママはそれを、全て写真に収めてから、引っ越しを宣言した。それが、コロナが蔓延する直前のことだった。

私の生活は、それほど変わらなかった。

学校には行かないのだし、インターネットで世界を知ることが出来たし、困ったらデリバリーで何でも届いた。毎日朝の筋トレを欠かさず、一日1万歩以上は歩くようにしている。中学の時は柔道部だった。私が得意だったのは手技で、小内返しのスピードは誰にも負けなかった。耳を擦って何度も血を抜き、肩固めで脱臼して、三角絞めで気が遠くなった。私は柔道が好きだった。今でも時々、道場が恋しくなる。キイン、と音がしそうなほど冷たい冬の空気、畳と制汗剤のにおい、それぞれの道着が並ぶロッカールーム。道着はまだ取ってある。私は時々、それに腕を通す。

以前住んでいた街は、平日の昼間に10代の女の子がウロウロしていると、たいてい変な目で見られた。公園にはいつも疲れたサラリーマン（すごく似てるけど毎回別人）が座っていて、逃げられる場所はコンビニしかなかった（それでも、パートのおばさんたちの視線が痛かった）。

この街では、誰も私を見なかった。私みたいな女の子が、他にもたくさんいた。小さなスーツケースを引っ張っている女の子、完璧なゴスで決めている女の子、制服を着崩して歩く女の子、全身GUCCIを身につけた女の子、髪の毛が鮮やかな緑色の女の子。

一方、ママの生活は劇的に変わった。連日のように出かけていた飲み会はなくなって、打ち合わせはオンラインで済ますようになった。ママは入院をきっかけに、女性の身体や人生にフォーカスした記事を書くようになっていた。「自虐はしない」と宣言し、その一環として、自分のことを「ブス」とか「ババア」と書かなくなった。「むりねこ」のTwitterとInstagramのプロフィールには、「ライター・コラムニスト」とは別に、「加齢を受け入れる」、そして「自身の性を肯定する」と、書いてある。

今日は私の、17歳の誕生日だった。

スポンジが苦手な私のために、ママが白桃のタルトを買ってきてくれた。ママの作る冷たい白桃入りのパスタも、白桃とモッツァレラチーズのカプレーゼも、私がお願いした（ちなみに私の名前はモモ）。

「今年はいつにも増して桃づくしだね。」

ママが笑う。

「ケーキとは別に桃切ったやつも出してね。」

私も笑う。母娘（おやこ）関係は穏やかだ。ここ数年は、言い争いもしたことがない。

中2の時、クラスメイトのユマが、右のこめかみに青痣（あおあざ）をつけて登校してきたことがあった。バッグの中に入れていたコンドームを、ママに見つけられたのだそうだ。

「シズカに殴られたんだけど。まじ思っきり。酷（ひど）くない⁇」

ユマはママのことをシズカ、と呼び捨てにする。何度か会ったシズカさんはとてもにこやかで優しそうで、ユマをグーで殴るような人には見えなかった（ついでに言うと、シズカさんは化粧品会社の社長で、自社のCMに出演している「美魔女」

だ）。

「殴っといて号泣してんの。まじ意味わかんない。この歳でちゃんと避妊してること、褒めてほしいくらいだよ。」

私が高校に行かないと決めた時、羨ましがるより先に、ユマは驚いていた。

「親が怒らない⁇」

私のママは怒らなかった。

「シズカだったら理由も聞かずにバチボコだよ。」

『暴走女道』や『惨敗育児』を読んだ人たちは、ママのことを、シズカさんよりよほど、私のことをバチボコにしそうだと思うだろう。でも、実際のママは違う。少し極端なところはあるけれど、自制心があって、真面目で、頑張り屋だ。

私は体が弱く、繊細な子供だった。しょっちゅうミルクを吐き戻し、たびたび熱を出した。3歳になるまで、ママの抱っこでしか眠らず、ママから離れるとパニックになって泣き叫んだ。だからベビーカーはほとんど荷物入れになり、私は抱っこで常にママと体を密着させて移動した。そのおかげでママは腱鞘炎になり、腰を痛めた。手首にサポーターを、腰に保護ベルトをつけて、ママは眠らない私を抱きながら、近所を徘徊した。

体が元気になってからも、ママは私を、いつまでも赤ん坊扱いした。私が少しでも虐められたら保育園を休ませ、公園で乱暴な子がいたらすぐに違う公園に移動した。小学校に上がってからも送り迎えを欠かさず、私を絶対に一人にしなかった。クラス替えがあるとクラスメイトのことを調べ、誰が乱暴か、誰が意地悪か、私より先に把握していた。そして口を酸っぱくして、「虐められたらすぐにママに言うんだよ！」、そう諭した。

どうやらママは、私が必ず虐められる、という前提で生きていた。そしてそれが、私の体格に根ざした心配だったと分かるのは、少し後になってからだった。私の体は他の子よりも大きかった。体が弱く、しょっちゅうミルクを吐いていた赤ん坊は、ママの手の込んだ料理と手厚い保護のおかげで、みるみる実ったのだった。

私がパニックにならなくなると、今度はママの方が体を密着させてくるようになった。生理が始まった時も、脇に毛が生えてきた時も、

「モモ、大丈夫だよ！」

そう言って、ママは私を抱きしめた。薬局にナプキンやカミソリを買いに行く時は手を繋ぎ、あるいは後ろから肩を抱いた。14歳になって、私がママの身長を追い越してから（体重はとっくに追い越していたけれど）やっと、ママは私に密着するのをやめた。そして、今度はきちんと距離を取り、私のことを大人扱いするようになった。私の意見を尊重し、私の全てを肯定し、「あなたの方がママより正しい」

と言った。

だから私が「高校に行かない」と言った時、ママは私に理由を聞かなかった。それがどんなものであれ私の意見を絶対に肯定すると、ママは決めていたのだった。だからといって、ママ自身が腹を括(くく)ってポジティブかというとそうではなくて、いつも、どこか申し訳なさそうな顔をしていた。そしてその顔はそれから、ママのデフォルトになった。何か言う時に、先に謝るのも。

「ごめんね、モモ。」


何度目かの緊急事態宣言が出されても、街から人は絶えなかった。

不可解なのは、満員電車がなくならないことだった。映画館も閉まったし、コンサートも軒並み中止になったのに、「ソーシャルディスタンス」ゼロの、あの異常な状態を問題にしないのは、どうしたって理解出来なかった。

中学はかつての私の家から電車を一本乗り継いだ場所にあった。だから私は中学に通うために、毎日満員電車に揺られた。学校に行くのをやめてから、電車には乗っていない。それが満員電車でなくても乗りたくない。だから、都心に出る必要のない都心そのものに住むことは、とてもありがたかった。

出かけなくなったママは、運動不足解消のために、リビングで筋トレをしている。

アナログな私と違って、エクササイズ器具をちょこちょこ通販で揃えた。ママはそれを、購入するたびにInstagramにアップしている。自虐はしない、そう宣言していたけれど、バランスボールで腰を痛めたとか、スクワットで脚が攣ったとか、そういうことはTwitterに投稿する。『親近感が持てます！』とか、単純に笑っているマークとか、ほっこりしたリプライがつく。ママはきっと、それに救われている。すごく。

数年前から、ママのアカウントに粘着している人がいる。例えばママが、女性の権利に関して疑問を投げかけたり、性差別的なニュースに対して怒りの声をあげたら、『賞味期限切れた途端に女の権利とか言い出すんですねwww』とか、『散々女利用しといてどの口がそんなこと言えるんですか?』、そうリプライしてくる。それだけではなく、ママが過去に書いたエッセイや、古いブログの記事を引っ張り出してきては曝し、蛍光色でハイライトまでして拡散する。
『男の股間凝視してた人間がセクハラ批判とかww』
『ルッキズムに反対とか言ってるけど、もともと自分のことブスって言ってたのあなたですよね?』

いつだったか、ママが児童虐待について思うことを呟いたら、『惨敗育児』を持ち出してきた。

『これを書くことこそ虐待では？』

それは、私のうんこが女性器の襞にどんな風にこびりついていたか、それを拭くのがいつもどれだけ大変だったかを、面白おかしく綴った描写だった（私の女性器を肥沃な川に喩えていた）。文庫になる時に、その部分は削除したけれど、その人は単行本を持っていた（しかもそれは、ママのサイン入りだった）。

『私、あなたの娘さんのマ●コの形状知ってるんですけど⁇』

ママはその人が曝す過去に対して、何度も声明を出した。自分が無知だったこと、間違っていたこと、それによってたくさんの人を傷つけたこと。傷つけた人に謝罪し、今後は二度とこのような無知と過ちを自分に許さないと繰り返した。

その人は当然のように、ママの謝罪をなかったことにした。飽きずにママに粘着し、ママがブロックしても、アカウントを変えて突撃してきた。ある時は「ぬきてろ」、ある時は「うみうじ」、今は「ヒョ〜がら」。プロフィールは「イキすぎたポリコレをヌク」、アイコンを頻繁に変える。どれも、アニメの女の子の顔だ。青い髪、黄色い髪、黒い髪、三つ編み、ショートヘア、前髪ありのボブ。みんな目がうんと大きくて、恥ずかしそうに頬を赤らめている。そんな子は、現実にはいない。

今日も街には女の子たちがいる。病み系メイクをしている女の子、男の子みたいに見える女の子、ポケットの裏地が見えるくらい短いデニムを穿いた女の子。

ママは偏頭痛が辛いと言って、昨日からずっと寝ている。いつもは生理前の1週間がピークで、徐々に和らぐけれど、今回は生理が始まってもなかなか治まらなかった。

ナプキンを替えにトイレに行く以外は、動くことすら辛そうなママに、

「頭痛薬まだある？　買ってこようか？」

そう聞くと、唸るように「ごめんね」と言った。謝らなくていいのに、そう思いながら扉を閉めようとしたとき、「あ」と、小さな声がした。

「何？　ママ。」

「ううん、なんでもない。」

「何？　言って？」

「……ごめんね、あの、ナプキンももうなくなっちゃって。」

「なんだそんなこと、買ってくるよ。ソフィだよね？」

「ごめんね、モモ。大丈夫？」

「大丈夫に決まってんじゃん、同じ薬局なんだから。経口補水液も買っておくね。」

「ごめんね。」

家の近くのドラッグストアに入った。レジ係を確認すると、白衣を着たおばさん

だった。どのお店でも、ナプキンのコーナーは奥まったところにある。ソフィを探していると、背後に気配を感じた。私は、いつもやることをした。スマートフォンを取り出して、誰かから連絡があったフリをして、後ろを振り向かずに、その場を離れる。ドラッグストアを出ると、やっぱりいつもと同じことが起こった。心臓が首に移動する。ドク、ドク、と、喉が鳴って、しばらくすると、そのドクドクが強くなる。内側から、喉を突き破りそう。

喉が落ち着くまでには、10分くらいかかった。心臓の音をきっちり100数えてから、他のドラッグストアへ行った。ちらりと見たレジの係は、若い男の人だった。ナプキンのコーナーは、やっぱり奥まっている。女の子がしゃがんでいた。私と同い年くらいの女の子だった。オフショルダーの白いブラウスを着て、デニムのタイトスカートを穿いている。タンポンを選んでいた。周りには誰もいなかった。

ドラッグストアを出て、深呼吸した。柔道で学んだ呼吸法だ。息を吸うのも大切だけど、吐くのがもっと大切。痛みや恐怖を感じる時、人間は思わず息を止めてしまう。そうすると、恐怖は停滞して、そこから抜け出せなくなる。息を吐いて、深く吐いて、痛みや恐怖を、世界にリリースするのだ。

何人かの女の子とすれ違った。息をしている、現実の女の子たち。女の子たちの背後、掲示板に、ピンク色の張り紙がしてあるのが目に入った。きっと、女の子だけを勧誘する何かだろう。

シーツを盛大に血に染めて、ママの生理が終わった。

生理が終わると、ママの頭痛はだいぶ楽になる。ママは、しばらく途絶えていたエクササイズとSNSへの投稿をまた始めた。上腕二頭筋を虐めて、WEBメディアに書いたボディ・ポジティブのエッセイを公開し、大臀筋を引き上げて、レオタードやビキニ着用を拒否するオリンピアンに賛同し、腹直筋の上下に刺激を与えて、性交同意年齢の引き上げを阻止したがる人たちを批判した。Instagram にアップするママの体は少しずつ強くなり、Twitter に投稿した呟きにはたくさんの「いいね」と好意的なリプライがついた。

『むりねこさんの言葉、首がもげるくらいうなずいた』

『心から同意でしかない』

でも、現実のママの顔は、やっぱり申し訳なさそうだった。ママのそんな顔を、フォロワーもアンチも、誰も知らない。冷蔵庫の中に、ストロングゼロがたくさん冷やされていることも。ママがそれを、水のように飲むことも。

オリンピック開閉会式の女性ディレクターが排除されたとき、クリエイションの世界で女性がどんな扱いを受けるか、ママが自身の体験も交えた怒りの声をあげた。

その呟きに、「ヒョ〜がら」がリプライしてきた。

『男性クリエイターもこんな目に遭うんですよね』

その人が張りつけていたのは、ママと、ある女性作家との対談だった。対談のタイトルは「女の欲望はどこまで許されるか⁇」。ハイライトされていたのは、ママとその作家が、ある男性作家の容姿を性的に批評している部分と、彼の「夜の生活」を、小説の文章から妄想している部分だ。

その記事のことは知っていた。「ぬきてろ」時代のその人が、すでに曝していたからだ。2007年、私が3歳の時に発行された雑誌だった。この対談がきっかけで、ママはこの女性作家と仲良くなった。彼女はママの育児を積極的に手伝ってくれた友達の一人で、時には経済的な援助まで申し出てくれた。彼女は子宮癌で亡くなった。

ママはもう、「ヒョ〜がら」をブロックしない。積極的に無視することにしたのか、それとも諦めたのか。

『加害者って自分がやったこと都合よく忘れて被害者ぶるんですよね。』

「うみうじ」の頃に、彼が似たようなことを呟いたことがある。

『人の家庭壊すようなことする人が、自分がやったこと都合よく忘れて、正しさを語るんですよね。』

ママだけではなく、私も疑っている。「ヒョ〜がら」は、例の作家の、引きこもりの息子ではないか。もしそうなら、彼はもうそろそろ、50歳になるはずだ。


私の生理が始まった。

ママのと違って、私の生理は軽い方だ。あ、ちょっとお腹痛いかも、そう思うと始まって、二日目三日目にどっと出血し、四日目には終わる。それはすごく健康なことだと、ママに羨ましがられたことがある。

トイレの棚を開けると、私の使っているナプキンが置いてあった。ちょっと驚くくらいの量だった。先月買ったものが残っているのは覚えていたけれど、新たに買い足した記憶はなかった。しかも、こんなに大量に。しばらくは、ドラッグストアにナプキンを買いに行かなくていい量。

ママは冷蔵庫の前で、ストロングゼロを飲んでいた。昼の2時だった。私は息を吸って、吐いた。

「ママ。」

こちらを振り返ったママの顔は、はっとするほど青白かった。ストロングゼロを飲むのは構わない。でも、ストロングゼロを飲む時のママの顔を見るのが嫌だった。

「ナプキン買ってくれたの?」

ママは、少しだけ目を伏せた。そうして、今初めて気づいたみたいに、手に持っているストロングゼロを見た。

「そう。あれで良かったよね？」

「うん。ありがとう。ねえ。」

「何？」

「どうして買ってくれたの？　私、自分で買いに行けるよ。生理軽いし。」

「……うん、でも、ママもついでに色々買いたいものあったし。」

「ママ。」

ママはやっと、ストロングゼロから目を離した。

「私のTwitter、見てるよね？」

ママは私を見なかった。唇を噛んで、すぐにやめた。ママの唇は少しだけ赤く染まって、それからうんと白くなった。

「ごめん。」

まただ。私が何か言う前に、ママは謝る。ママはいつも、すぐに、先に、謝る。

「ごめん、モモ。」

先日、ドラッグストアで起こったことを、思ったことを、呟いた。Twitterには、四つアカウントを持っている。そのうちの一つが、知り合いや友達が誰も見ない、だから自分の思ったことや、苦しい思いを吐き出すだけのアカウントだった。

『ナプキンの売り場が奥まった場所にあるのしんどい』

『男の人に後ろに立たれるとパニックになる』

『女の子がタンポン選んでる』

『不安になる、あの子は大丈夫かな』

　中学の時、部活中でも、タンポンはしていなかった。いくら大きなナプキンをしていても、投げられたり、下から足で絞め上げたり、激しい動きをした時に、経血が漏れてしまうことがあった。水泳部の友達や、柔道部のアヤ先輩も、タンポンを使用していた。彼女たちに使い方を教えてもらうことにして、エリカと二人で、ドラッグストアに行った。

　一種類だと思っていたタンポンにも、たくさんの種類があった。ドラッグストアの奥まった場所で、しゃがみこんで、二人で必死に選んだ。頭上から声が聞こえた。振り向くと、男の人が立っていた。

「君たち何歳？」

　キャップを深くかぶっていて、顔がよく見えなかった。

「14歳。」

　エリカが答えた。

「もうタンポン使うの？」

男の人から初めて「タンポン」という言葉を聞いた。でも、私たちは女子校だったし、私は母子家庭だったし、そういうことは世間では普通なのかもと思った。大人の男の人が14歳の女の子に「もうタンポン使うの？」、そう聞くことが。だから私は、なるべく大きな声で答えた。

「もっと強くなりたいから。」

「へえ、じゃあ、処女じゃないんだ。」

一瞬、何を言われているのか分からなかった。「処女」という言葉の意味は知っていたけれど、「じゃあ」が、「強くなりたいこと」にかかっているのか、「タンポンを選んでいること」にかかっているのかが分からなかった。

アヤ先輩は、「処女膜とタンポンは関係ないよ」、そう教えてくれた。それに、処女膜というけれど膜なんかじゃなくて、膣にあるただの細かい襞だということも。

「正しい姿勢で挿入したら大丈夫だよ。」

だから私とエリカは、タンポンをする決意をしたのだった。

「14歳で、もう処女じゃないなんて、悪い子だね。」

そのことは、誰にも言わなかった。エリカと示し合わせたわけじゃない。でも、私たちは自然にそうした。部員を不安にさせたくなかったし、ママのことも不安にさせたくなかった。そもそも私たちは「何か」をされたわけじゃなかった、きっと。私たちはいつも通り学校に行き、いつも通り部活に精を出した。アヤ先輩が「どうだった？」と聞いてくれた時は、「やっぱりまだ怖いんで、もうちょっと待ちます」、そう答えた。本当はタンポンなんて怖くなかった。処女とかそうでないとか、どうでもよかった。私たちはただ、もっと強くなりたかった。もっともっと、強くなりたかった。

その頃から、電車で痴漢に遭うようになった。クラスメイトが被害に遭って泣いていることは知っていたけれど、私たちは、こんな肩幅の広い女子中学生は触られないだろう、そう部員同士で言い合っていた。

「触られたら、大外刈り極めてやろうよ！」

でも、そんなことはなかった。私たちは、他の子と同じように触られた。触られるだけじゃなかった。においを嗅がれ、舐められ、スカートを精液で汚され、生理中の膣に指を入れられた。そして誰も、加害者に大外刈りを極めることは出来なかった。動けなかった。

「悪い子だね。」

通っていた女子校は最高だった。みんな面白くて、大胆で、すごくいい子たちだった（中にはもちろん意地悪な子もいたけれど）。ママは中学の頃、クラスメイトの男子に「ブス」と言われて虐められたことがトラウマになっていた。だからなのか、私に、男子のいない私立の女子校を勧めた。そのために、高いお金を出してくれた。

「男の子って残酷なところがあるから！」

6年生の時、クラスの男の子に「デブ」と言われた。私の体は他の子より大きかったけれど、デブと言われたのは初めてで、驚いて、家に帰ってママに伝えた。ママは私が続きを言う前に泣いた。そして、私のことを思い切り、本当に思い切り抱きしめた。

「モモは可愛いんだよ！！！」

私は、そんな言葉が欲しいのではなかった。

私が可愛いかどうかは関係ない。そして、私が太っているかどうかも関係ない。私はママに、そのクラスメイトの男の子がいかにおかしいのか、そのことを一緒に怒ってほしかった。こんな風に泣いて、「かわいそうな娘」を抱きしめるのではなく、「その子が言ったことは許されることじゃない」そう言って、拳を振り回して、めちゃくちゃに怒ってほしかった。でも、ママの体は私に密着していて、あまりにもぴたりと密着していて、怒りを醸成する場所が見つからなかった。結局、私も泣いた。

「モモは世界で一番可愛いんだよ！！！」

ママの言うことは、絶望的に間違っていた。でも、その間違いの中で、私はどこか安心して泣いていた。正直、泣きたくなかった。悔しかった。ママ、私はただ強くなりたいだけなんだよ、だから大きな体で嬉しいんだよ、そう言いたかった。

——ママは、間違ってるんだよ。

それはとても悲しい時間だった。でも、今みたいに、ママのことを「かわいそう」だと思うよりはましだった。ずっとましだった。

「モモ、思春期が一番辛いんだからね。大人になったら大丈夫だから。」

辛いのは思春期だけじゃない。それはママが知ってるはずだ。だってママは？

46歳のママは？

『セックスを語るブスからセックスを語るババァにｗｗ』

『むりねこって、昔ヤリマン自慢してたブスだよね？』

『40過ぎて若い子に媚びてるの、みっともないよね』

ママを攻撃するのは、「ヒョ〜がら」だけじゃなかった。ありとあらゆる人が、顔出ししているママの容姿をあげつらい、ママが女性のセクハラ被害に声をあげたら、『ババァが発情してるｗｗｗ』と揶揄した。曝された過去記事を拡散し、「こんなことをしていたのだから正しいことを言う資格なんてない」「何を言われても仕方ない」へ、そう認定して、ママの口を塞ごうとした。

「悪い子だね。」

高校もエスカレーター式に内部進学するつもりだった。みんなとまた、同じ学校に行きたかった。でも私は、インターネットを見てしまった。痴漢がしやすい電車や乗ってくる女子高生の情報が書き込まれたサイトだった。すぐに閉じれば良かった。すぐに閉じて、すべて忘れられれば良かった。でも私はそれを、最後まで見てしまった。そして、決して忘れなかった。

『センター試験の日がラッキーデイ』

そう書かれていた。『いつも途中下車して逃げる子たちが減る』からだと。『センター試験の日は、遅刻するわけにいかない』からだと。だから『やりたい放題』だと。

高校に進学するのをやめた。センター試験なんて、受ける必要がなかった。でも、だからと言って、それが私に関係のないことではなかった。センター試験を受けなければいけない女の子がたくさん、本当にたくさんいるのだった。その子は、途中下車も出来ず、逃げることも出来ず、スカートを精液で汚され、生理中の膣に指を入れられなければいけないのだった。そしてそれは、これからも、私に、私たちに、起こり続けることなのだった。

『ブスが狙い目』

『●●校は地味な娘が多いからチャンス』

『ゴツい運動部系は触られると逆に喜ぶ』

喉が締め付けられると、息が出来なくなると、Twitterに書き込んだ。そうしてやっと、息を吐いた。おかしなリプライをしてくる人がいれば、速攻でブロックした。本当は、鍵アカにすべきだった。でも、私はやっぱり、自分の声を聞いてほしかった。自分の声が、少しでも世界に届いて、それで、それで、少しでも何かが揺れたらと願った。数少ないフォロワーは、みんな優しかった。私の呟きに共感を示して、時には自分の似たような経験を教えてくれた。Twitterは、めちゃくちゃに傷つけられる場所でもあるし、心を守る場所でもあるのだった。

ネットを回遊していて、ママが別名義で書いているnoteを見つけた。プロフィールを誤魔化していたし、知り合いに見つからないように最大限の注意を払っていたけれど、私にはママだって分かった。すぐに分かった。

ママが私と距離を取るようになってから、私はママの書くものをこっそり読むようになった。発売されているエッセイだけじゃない、古いブログだけじゃない。ママがつけていた日記も、ママが書こうとして途中でやめた小説も、ママが誰かに宛てて書いたのに出さなかった手紙も、私は全部、全部読んできた。ママはとても熱心な執筆者で、私はママの一番の読者だった。ママがどんな風に句読点を打つのか、どんな風に改行するのか、私は全て知っていた。

『謝りたいことばかりだ。』

別名義のママは、私のように、自分を守るためにそれを書いてはいなかった。

『自分が若い頃にやってきたこと、見逃してきたことで、若い女の子たちを苦しめている。』

『性差別や性犯罪に、私も加担してた。私も加害者だ。』

『私に正しいことを言う権利はない。』

ママがあまりに自分を責めるから、私は時々、「ヒョ〜がら」は、実はママなんじゃないか、そんな、おかしなことを思ったりもした。変化しよう、前に進もう、そうしているママを、ママ自身が責めて、ママ自身が阻止しているのじゃないかって。本当はママが一番、ママのことを許していないのじゃないかって。

「悪い子だね。」

高校に行かなかったのはママのせいじゃない。満員電車が地獄なのはママのせいじゃない。ナプキンを買いに行くだけでパニックになるのはママのせいじゃない。でも、ママに先に謝られると、もっと何か言いたかったのに、それが何だったのか分からなくなる。

「ごめんなさい。」

ストロングゼロを握りしめたママは、小さな女の子みたいに見える。今だけじゃない。ストロングゼロを飲む時、ママはいつも小さな女の子みたいに見えた。それを見ると、いつも私の喉は細くなった。

「ママ、私もママの書いてるもの、ずっと見てたんだよ。」

うつむいたママのほうれい線が深くて川みたい。ストロングゼロを持っている手に血管が浮いていて川みたい。小さな女の子みたいなママ。

「……モモ。」

「小説だけじゃないよ、エッセイも、ブログも、ママが隠してた日記も手紙も、ママが別の名前で書いてるnoteも、全部、全部読んでたんだよ、ママ。」

ママの唇が真っ白になっている。私を怒っていいのに、私を問い詰めていいのに、ママは何も言わない。きっと間違った言葉になることを、恐れているのだ。

かわいそうなママ。

ママは正しい親になりたかったのだ。ママは、私の裏アカを見つけたのだ。

白桃の写真を、投稿したのだった。14歳の誕生日に、ママが用意してくれた白桃に、ナイキのマークみたいな傷があった。その桃を、投稿した。そうしたら、思ったよりも広範囲にリツイートされた。ママはそれを見つけたのだ。笑っているように見えた桃、二人で「可愛いね」、そう言い合った桃を。

「この桃よりも、今ここにいるモモの方が可愛いけどね。」

あの時、ママはそう言った。私の体重はその時過去最高を記録していて、部内では、エリカと1、2を争う強さを誇っていた。

『ママにまた可愛いと言われた　そんな言葉が欲しいんじゃないのに』

ママはあの夜、やっぱり私を抱きしめた。

『ママがずっと欲しかった言葉と、私が今欲しい言葉は違うのに』

私のツイートを、ママは遡って、全部見たのだ。病室でだろうか。家でだろうか。

『電車に乗るのが怖い』

『電車に乗っている女の子のことを考えると涙が出てくる』

『助けたい。でも私もこわい』

『勉強したいだけなのに、強くなりたいだけなのに、どうしてこんな目に遭わないといけないの？』

手術の傷も癒えないうちに、ママは引っ越しを決めた。私はそれで、二度と電車を使わずに済むようになった。あの日からママは、私に謝ってばかりだ。

「モモ、ごめん。」

今もそうだ。たった今も、ママは私に、謝ろうとしている。分かる。だから私は、ママが謝る前に言う。

「謝らないでよ。」

ママはボロボロだ。ママは傷ついている。そしてママは、悪い子じゃない。間違ったことをたくさんしてきたけれど、決して悪い子じゃない。ママは、私は、私たちは、絶対に悪い子なんかじゃないんだ。

「ママ。」

私はポケットから、ピンクの紙を出した。掲示板に貼られていた、あのピンクの紙を。

「戦おう。」


どうせ、女の子の高収入バイトのチラシだろう、そう思っていた。街に貼られているピンクの紙は、いつだってそうだから。私たちの好きな色を侮辱するような、扇情的なピンクの紙。でも、それは違った。その紙は、その紙の色は、私が好きなピンク色のままだった。何も誘わない、数ある色のうちの一つの、そこにあるだけの、堂々とした、そう、まるで私たちみたいな、ただのピンク色だった。だから、手に取った。

『母娘　柔術教室　一緒に戦おう』

そう書いていた。親子、ではなく、母娘、であることが気になった。「一緒に戦おう」が、手に手を取り合って戦うことなのか、母対娘で戦うことなのか分からなかった。でも、それを見たとき、私には、私たちには、それが必要だって思った。私とママには、とにかく戦うことが必要だって。それに私は、道場が恋しかった。誰かの首を絞めたかった。誰かの全力の重みを感じたかった。そして、そこから解放されたときの、脳の痺(しび)れを思い出したかった。私は強かった。すごく強かった。

私は、エリカとユマを誘った。エリカは自転車で通学出来る高校を選び、柔道もやめてしまっていた。あの日のことは、あれから一度も話していない。でも、エリカは、ずっと戦いたかった、そう言った。それだけで、私はエリカの気持ちが分かった。

「ママも今ストレス溜(た)まってるから、多分おもっきり戦いたいと思う。」

エリカのママのアマンダさんは、フィリピンから来た。エリカのパパは去年亡くなって、お葬式をする段になって初めて、他の家族がいることを知った(30以上も歳の離れた異母兄がいるのは、私と同じだった)。エリカにも、エリカのママにも遺産が入ってきたけれど、そのためにあらゆる人から悪く言われた。

渋ったのは(当然だけど)ユマだった。ユマは中学時代帰宅部だったし、内部進学した今も、部活には所属していない。道着はインスタ映えすること、腹筋が簡単に割れること、何より久しぶりに会いたいこと、あらゆることを言って口説いたら、ユマの心が動いた。

『てかなんでシズカと参加しないといけないの？　ハズいんだけど』

『コロナだからじゃね？　家族以外と接触しないようにしてるとか？』

適当に言ったことだったけれど、実際そうだった。

道場は、テープで仕切りがしてあって、それぞれが自分のスペースから出てはいけないようになっていた。綺麗な白いマットが敷き詰められたクラスは清潔な匂いがして、教えてくれるブラジリアンジャパニーズのマリアさんは、足に綺麗な緑のペディキュアを塗っていた。

「こんにちは！」

参加者は私たちだけだった。ママたちはそれぞれ、丁寧に挨拶をした。アマンダさんは若い頃キックボクシングをしていたそうだ。見るからに盛り上がった肩の筋肉は、借り物の道着が似合った。シズカさんは、相変わらずにこやかで、優しそうで、やっぱりユマに、しばらく消えない青痣をつけた人には見えなかった（そして、近くで見ると「美魔女」なんかじゃなかった。皺があって、たるみがあって、白髪がある、年相応の女性だった）。

私とエリカだけ、自分の道着を着てきた。ユマはそれを羨ましがった。

「中学の時、ずっと入りたかったんだよね、柔道部。」

「え、そうなの？」

シズカさんが驚いた。

「あなた、そんな汗臭いこと嫌いだと思ってた。」

シズカさんはそう言ってから、慌てた。

「あ、汗臭いなんて言っちゃってごめんなさい！」

ママもすかさずフォローした。

「あ、分かりますよ！　私も最初は驚いたんです。耳なんて、こんな腫れちゃって。」

シズカさんもママも間違っている。私たちは汗をかくのが大好きだし、戦うのが大好きだ。耳が腫れるのなんて、大したことじゃない。タンポンを使っていたアヤ先輩は、餃子耳だった。腫れた耳は、最高に格好良かった。

マリアさんが、基本的なムーブを教えてくれた。

女性、しかも母娘だから、セルフディフェンス的なものを学ぶのだろうと思っていた。でも、もっと本格的で、これからも柔術を続ける人の一回目のクラス、という感じだった。得点の入り方、スイープ、エスケープ、サブミッション。私とエリカは、それぞれのママに教えることができたけれど、ユマとシズカさんは苦労していた。でも、マリアさんは教えるのが上手で、ダミーの人形を相手に、身振り手振りを交えて、私たちを盛り上げてくれた。柔道との共通点はたくさんあったけれど、基本柔術は寝技中心で、これならママたちの歳でも出来るなと、今更ながら思ったりもした。

マウントポジションからのエスケープ、足をフックして回転すると、アマンダさんが「ワーオ」と声をあげた。クローズドガードからのシザースイープ、足をハサミのように動かすと、シズカさんが「なるほど!」と言った。対面した状態のネッククロックからのエスケープ、相手の体の下からスライディングをすると、ママが「やった!」と言った。

結局私たちは、トライアルだけでは終わらなかった。毎週土曜日の夕方、私たちは道場に集まり、エリカと私はそれぞれの、ユマとママたちは新しく買った道着を着て、練習に励んだ。

だんだん他の母娘も増えてゆき、結局8組ほどが参加するようになった。みんなそれぞれのスペースを守り、テープからはみ出さないように努力した。でも、スパーリングでは、そうはいかなかった。私たちは転がり、大きく倒れ込み、技から逃れるためにズルズルと床を這った。そのために、スパーリングの時間は、4組ずつやることにした。

「生き延びて！」

マリアさんは、いつもそう言った。スパーリングは大抵3分、長い時は5分、素人ばかりでやり方もままならないから、とにかく逃げて、押さえ込まれないように、返されそうになったら抗って、それをひっくるめての「生き延びて」なのだった。

ママは勘が良かった。最初は簡単に引き込めたし、クローズドガードに持ってゆくのも、サイドコントロールやマウントポジションに持ってゆくのも容易かった。でもママは、私の動きをよく見ていた。そして、次の時には同じ手には引っかからなかった。だから私は、いつからか自分の全力を出すようになった。私はママの首を足で絞めた。ママの膝を床に叩きつけた。ママの腰骨を押さえて、ママの胸に体重をかけた。そのたびにママは、なんとか逃れようとした。攻撃を仕掛けるより、抗う時の方が、よほど力がいる。ママの筋肉は破壊され、再生し、どんどん太くなった。

時々誰かが、ぶっとオナラをする音が聞こえた。それを笑う人は誰もいなかった。見学している4組は、戦う母娘たちを、真剣に見つめていた。

「生き延びて！」

アマンダさんは、エリカとほとんど対等に戦えるようになっていた。エリカが誘ってくれて、とうとうアヤ先輩親子がやってきた時は、皆で歓声をあげた（アヤ先輩のママも餃子耳だった！）。シズカさんは戦いながら、時々泣いた。

シズカさんだけではなかった。ママも、他のママも泣いた。戦いながら泣いた。泣いているのはいつも何故か、娘ではなく母の方だった。でも私は、私たちはもう、ママのことをかわいそうだとは思わなかった。

チェンジ

指定された部屋の扉をノックする。

その瞬間は、いつも自分の体がちょっとだけ消えている気がする。あるいは、ちょっとだけ消えていてほしいと思う。

人が近づいてくる気配がして、背筋を伸ばす。営業用の笑顔を作る。きっと、扉についた小さな覗き穴から、もう見られているはずだ。少しの間があって、扉が開く。相手が顔を出したのを確認してから、声を出す。

「こんばんは。」

多分30代くらいの、細い男の人だった。大きなマスクをしているから、表情が見えない。でも、自己紹介をする前に、こう言われた。

「チェンジ。」

3ヶ月前から、この仕事をするようになった。

昼間はアパレルの店員をしている。客が減ることは予想されていた。でも、休校になった地方の学生たちがたくさん上京して来店するから（若い子たちは未知のものを恐れないのだろうか）、実はそんなに忙しさは変わらなかった。マスクをして接客するのには慣れたし（マスクとのコーディネート、なんてものを提案するのにも）、お客さんが試着した服をスチーム消毒するのにも慣れた。でも、営業時間が短縮して、お給料もカットされた。それでは生活が出来ないけれど、もともと派遣の仕事だから、こうやって仕事を続けさせてもらえるだけで、ありがたいと思わなければいけなかった。

それで、空いた時間、つまり夜に、この仕事をするようになった。デリバリーヘルスという仕事のことは知っていた。友達のユイも、昔やっていた。客が指定する場所（自宅やホテル）まで出向いて、挿入以外の性的なサービスをする。取り分は店が半分、「嬢」と呼ばれる女の子が半分。オーナーが借りている事務所（マンションの一室）で待機して、出番になったら送迎のドライバーが現場まで送ってくれる。部屋にはもちろん一人で行くけれど、ドライバーが外で待機しているので、何か問題があったり、危険な客に当たったら連絡すればいい。

「今まででー番ヤバい客はさぁ、穴って呼ばれてたジジイ。総入れ歯なんだけど、入れ歯を外した口に拳を突っ込んでほしい、て言うんだよ。その拳をピストンするわけ、私が。それでイクの。ウケない？」

　ユイはいつも、私たちに体験談を話してくれた。ヤクザに変なクスリを飲まされそうになった、シャンパングラスにおしっこを注いでくれと言われた、思い切り声を出してプレイしていたら、隣の部屋に寝たきりのお婆(ばあ)さんがいた。彼女は話をするとき、いつも笑っていた。だから私たちは、聞きたいことを遠慮なく聞くことが出来た。

「チェンジって本当にあんの？」

　デリバリーヘルスや風俗店の話でよく聞くのは、客に「チェンジ」を言い渡されることだ。担当になった女の子が気に入らなくて、他の子に代えてもらう時に使う「チェンジ」というその言葉を、私たちも、合コンや飲み会で出会ったハズレの男の子たちに対して、こっそり使っていた。

「相当チェンジ案件でしょあれ。」

「いやもう、秒でチェンジ。」

　そんな風に。

「チェンジって意外とないんだよ、やっぱ言いにくいんじゃん？　でも、うちも明らかに紹介写真と違う子いるからさ、その子は結構チェンジされてる。」

「ユイはないの？」

「一回だけある。もっとデブが良かったみたいで。」

「それって、ドア開けた瞬間言われんの?」

「そうだね、それがルールだから。部屋入ったらもうチェンジ出来ないんだよ。嬢のこと見た瞬間、あ、チェンジでって感じ。」

ユイはしばらくしてから、デリヘルを辞めた。特に理由はないけれど、何となく連絡を取らなくなった。よくあることだ。Dカップだった胸をFカップに整形してアダルトビデオに出演したと、風の噂で聞いた。

今だったらもっと実用的なことを彼女と話せたのに、そう思う。オーナーに内緒で挿入を許した場合の相場はどれくらいなのか、とか、盗撮されてると気づいた場合はどうすればいいかとか、あとは、今日初めてチェンジって言われたよ、とか。

事務所での待機時間中は、他の女の子と一緒にいるのだけど、何となく話が出来る雰囲気ではなかった。みんな、ずっとスマホを見ている。コンセントはいつも充電器で塞がっている。

私が登録したデリヘルは、途中で人妻専門デリヘルに変わった。私は独身だけど、30歳になると「人妻」で売り出す方が需要が高いらしい。だから私は、出番の時は左手の薬指に安い指輪をはめる。

デリヘルは、店舗があるわけではないから、客が密集する危険はない。それでも濃厚接触、しかも知らない人とのそれであることには変わりない。一応ホームページでは「アルコール消毒や手洗い、うがいの徹底、望む人には行為時のマスク着用」、などと謳っているけれど、それで何が防げると言うのだろう（そもそも、マスクをしたままフェラチオなんて出来ない）。

最初の1ヶ月は「新人」という売り出し文句もあって、指名もポツポツあった。でも、「新人」という商品価値がなくなると、私のそんなに形のよくない胸や、全然上手じゃない技術を「初々しい」と言ってくれる人はいなくなった。つまり、二度目の指名には繋がらなかった。

唯一私を指名し続けているのは50代のおじさんで、いつも「仕事場」に呼ばれた。ものすごく綺麗な部屋で、壁一面の本棚にはたくさんの本があった。その中には私が読んだことのある本も、何冊かあった。小説家、と言っていた。ニシ、というその人の小説は読んだことがなかったけれど、大きな賞も獲ったことがあるらしい。

彼は、行為の前は全体的に膨らんでいる。性器だけではなく、顔も体も、何かで、少しだけ膨らんでいる。でも、行為が終わるとしぼむ。それで、急に深刻な顔になって、自分が今どれだけ「この時代に必要な仕事」をしているか、いかに「大きな焦燥と格闘」しているのかを語り始める。

「例えば君は、窓からの、この風景を見て、何か思う？」

彼の仕事場は都心のマンションの上層階にあって、景色が良かった。田舎出身の私が、何年経っても圧倒される「都会」の夜の風景だ。新宿のビル群が遠くにそびえ立っていて、中でもひときわ大きいのが東京都庁だった。都庁のビルは、ある日は赤色に光った。感染者が一定数を超えたら、都民に警戒を呼びかけるために赤色にライトアップするのだそうだ。

「はい?」

「思わないだろうね。君にとってこの景色は数ある日常の中の、一つにすぎないのだよね? でも、僕にとっては、なんとしてでも言葉にしなければならない、たったひとつの景色なんだ。他の誰も表現し得なかったやり方で言葉にして、新しい意味を与えなければと思ってしまう、そんな切実な景色なんだよ。そんなことをいつも考える。いつもだよ。安らぐことがない。その気持ちは、君には分からないだろうね。」

その話をすると、彼の体は、また少しずつ膨らみ始める。

「見てごらん、世界が終わりかけている。」

今日指定されたホテルは、新宿のラブホテルだった。

最近は、ラブホテルが一番多い。安上がりだし、ニシのように自宅(仕事場だけど）に呼ぶのはリスクが高いと考えている人が多いのだろう。そんなリスクを冒してまで抑えられない性欲には、シンプルに感心してしまうけれど、会う人は皆、生命力に溢れた人、というよりは、今すぐに死んでしまいそうな人に見えた。

チェンジ、と言われたら、その場で事務所に連絡して、代わりの女の子を呼ばないといけない。一人残された廊下で、コール音を聞く。

「あ、もしもし。お客様がチェンジされました。」

それから、ラブホテルを出る。入って数分もしないうちに出てくる私に、フロントの人が軽く頭を下げる。こういうことには、きっと慣れているのだ。

1ブロック先のパーキングに、ドライバーが待機していた。運転席の窓をノックしたら、何かを読んでいた彼が、顔をあげた。いつも顔も見ずに後部座席に乗るから、こんなに至近距離で彼を見るのは初めてだった。私の父親くらいの年齢だろうか。彼が窓を下ろした。

「どうしましたか？」

「あの、チェンジだそうで。あと、生理始まったんで帰ります。」

それは嘘だった。

「家まで送りましょうか？」

仕事が終わった嬢を家まで送るのも、ドライバーの仕事だ。チラッと、彼の手元を見た。『宅建士試験　ラクラク合格　問題集』という本だった。

「大丈夫です、ちょっと寄りたいとこがあるので。」

もちろん、それも嘘だった。

私の家は、ここから5駅ほどの場所にある。正直、送ってもらったほうが楽だった。電車で帰ればいいのだけど、誰にも会いたくなかった。

とりあえず家の方向に歩き出した。何も考えず、ひたすら足を動かす。安物のヒールは私の足首を痛めつけ、靴擦れが絆創膏(ばんそうこう)の中でじゅくじゅくと膿(う)みはじめているのが分かる。嫌になって途中で靴を脱ぎ、ついでにマスクも外した。

新宿から離れるごとに、もともと少なかった人が、ますますいなくなる。だだっ広い道には時々タクシーが通るけれど、中に客がいるようには見えない。

しばらくしてから、立ち止まった。振り返ると、街が鮮やかに見える。そびえ立つビル群、「都会」の夜、都庁。今日の都庁は、赤色に発光していた。感染者が何人以上になったら赤色になるのか、私は知らなかった。都知事は、その光のことを、「東京アラート」と名付けていた。なんだよそれ、と思った。そもそも「警戒を呼びかけられた」ところで、働かないと、生活が出来ない。そんな私たちに、あの光は何の意味があるのだろう。

誰かが自転車で私を通り越す。Uber Eats と書かれた、大きなバックパックを背負っている。数時間何も食べていないことを思い出して、急にお腹が減る。でも、コンビニには寄らない。無駄遣いしたくない。

しばらく歩いたら、お腹が鳴った。一人でいても恥ずかしくなるほどの、大きくて、間抜けな音だった。また、立ち止まる。座り込む。裸足の足の裏が、ヒリヒリと痛む。明日も安いヒールで、ずっと立ち続けなければならない。我慢できなくなって、振り返った。新宿を、その街を、その景色を見た。

「チェンジ。」

声に出た。

初めて言われた「チェンジ」が、こんなに自分を傷つけるなんて、思いもしなかった。傷ついている自分が嫌だったし、私を傷つけたあのマスクの男にもムカついた。

「チェンジ。」

それだけではなかった。私たちに、「みんな結構歳だから、これからは人妻で売ろう」と言ってきたデリヘルのオーナーにもムカつくし、「派遣だから身の程をわきまえろよ」って感じを隠さないアパレル店の店長にもムカつくし、「金なくなっても体売れるから女っていいよな」って言いやがったいつかの客にもムカつくし、「風俗業に従事するかわいそうな女性を救いたい」って上から目線の慈善家にもムカつくし、クソ偉そうだったくせに仕事がなくなったらあっさり鬱になった父親にもムカつくし、そんな父親に未だにビクビクしてる母親にもムカつくし、「世間体が悪いからしばらく帰ってこないで」と言ったばあちゃんにもムカつくし、サラリーマンでぎゅうぎゅうの満員電車は許すくせに水商売を目の敵にして営業停止に追い込む政治家にもムカつくし、その政治家をネチネチ批判してるだけで何もしない知識人って奴らにもムカつくし、ああもう、そいつらが全部いる、全部全部いる、あの世界にムカつく。

「チェンジ。」

なんでこっちが変わらないといけねぇんだよ。変わるのはそっちだろ。小説書いてるってだけで謎にクソ偉そうなあんなキモエロジジイに、「なんとしてでも言葉にしなければならない、たったひとつの景色」とか言われてんじゃねぇよバカ。「他の誰も表現し得なかったやり方で言葉にして、新しい意味を与えなければ」なんて、クソ役に立たねぇこと思われてんじゃねぇよタコ。

「チェンジ。」

「終わりかけている」とか思われてる場合かよボケ。もし終わるんなら、終わる前にてめえが変われよクソ野郎。私は努力したんだ。頑張ってきたんだ。変わろうとしたんだ。おい、分かってんのか？　あんたに合わせて、ずっとずっと変わってきたんだよ。それで、精神も肉体もボロボロなんだよ。おい、今度はてめえの番だろ。てめえが変われ。てめえが芯から、まるっきり、徹底的に変われ。私の体、世界にたった一つの、私の、この体のために、てめえが、変われ。

「チェンジ!!」

大声を出した。自分が出せる中で、一番大きな声を。ずっと目を開けていたから、眼球がヒリヒリ痛んだ。でも、私は瞬きをしなかった。都庁の赤い光より、もっと強い光が、私の中で生まれるまで、ずっとそのままでいた。

初出

わたしに会いたい
「すばる」2019年1月号(「私に会いたい」より改題)

あなたの中から
「すばる」2022年4月号

VIO
「すばる」2019年6月号

あらわ
「すばる」2022年7月号

掌
「すばる」2020年6月号

Crazy In Love
「文藝」2022年秋季号

ママと戦う
「文藝」2022年春季号

チェンジ
書き下ろし

装画
西加奈子

ブックデザイン
鈴木成一デザイン室

西加奈子 にし・かなこ

一九七七年イラン・テヘラン生まれ。エジプト・カイロ、大阪府で育つ。二〇〇四年に『あおい』でデビュー。〇七年『通天閣』で織田作之助賞、一三年『ふくわらい』で河合隼雄物語賞、一五年に『サラバ!』で直木賞を受賞。著書に『さくら』『円卓』『漁港の肉子ちゃん』『ふる』『まく子』『i』『おまじない』など多数。二三年四月に刊行した初のノンフィクション『くもをさがす』が話題。

わたしに会(あ)いたい

二〇二三年一一月一〇日　第一刷発行

著者　西加奈子(にしかなこ)
発行者　樋口尚也
発行所　株式会社集英社
〒一〇一-八〇五〇　東京都千代田区一ツ橋二-五-一〇
電話【編集部】〇三-三二三〇-六一〇〇
【読者係】〇三-三二三〇-六〇八〇
【販売部】〇三-三二三〇-六三九三(書店専用)
印刷所　大日本印刷株式会社
製本所　加藤製本株式会社

ISBN978-4-08-771849-2　C0093
定価はカバーに表示してあります。